TENSION

网
络
陷
阱

Sylvain Forge

à

EXTRÊME

［法］西尔万·福尔热 著　　聂云梅 译　　上海译文出版社

法国警察总局奖由法国警察总局局长克里斯蒂安·桑特先生组织评委进行匿名投票产生获奖者，并由警察局长阁下宣布获奖名单。

二〇一七年十一月

谨以此书献给在第一时间给予我支持的米歇尔、
罗贝尔、伊莎贝尔、帕斯卡尔和安娜；
　　献给我亲爱的贝蒂，没有她，一切皆为幻影。

网络世界里的一切都很脆弱。

——马克·顾德曼

《未来的犯罪》（2015）

序 章

奥德里克·贝朗发着牢骚钻进轿车。飞往巴塞罗那的飞机将在不到两小时的时间后起飞，他要迟到了。片刻之后，汽车飞驰在工厂街上。道路两旁是了无生趣的铁路，南特近郊不过如此。工厂和环岛交错；暮色中，自治港吊车的阴影影影绰绰。

快点，不然你要误机了。

星期三晚上的交通不像平日那么拥挤。一块路牌指出南特—大西洋机场的方向，靠右第三个出口。

很快就到了……

他提速，宝马轿车轰鸣着驶入横跨卢瓦尔河的谢维尔桥。

路面升高，视野开阔，整座城市一览无遗。

前方不到一百米的地方，一辆旅行拖车慢慢悠悠前行，已经造成了交通阻塞。速度实在太慢了！

奥德里克瞟了一眼后视镜，他想碰碰运气。他一口气超过了几辆卡在旅行拖车后的汽车，目光随即紧盯住一辆停在右边的故障抢修车的橘色旋闪灯上。

超越抢修车前他想过要减速。

但就在这位商人急转弯之际，腹部突然疼痛起来。出于条件反射，他的脚踩住了刹车板，宝马车来了个180°大转弯。

他的双手紧紧攥住方向盘，眼前的景物倒置翻转，但他仍能听到轮胎的嘎吱声，车身爆炸还有玻璃破裂的声响。一切发生得太快，奥德里克·贝朗还来不及作出反应。宝马车的车顶最先撞到了桥护栏上。

驾驶员悬在半空，头部朝下，身上还系着安全带。

汽车停止了旋转。

随后车里飘出了汽油味，车子的报警器无休无止地吵闹。鲜血回流到他的喉咙。他想喊叫，却声音沙哑。在经受了车祸的惊吓后，疼痛也向他袭来。

这种无法言喻的痛苦折磨着他的五脏六腑，尤其是肺和心脏。

汽车燃烧起来的时候，他已没了知觉。

桥上，熊熊大火映照在卢瓦尔河灰色的水面上，方圆几公里都能看见。

1

伊莎贝尔被黑暗中的声响惊醒了。她从床上爬起，黑夜里手机的液晶屏幕显示此时是五点三十分。她一动不动，看着卧室墙面上飞逝的阴影。

睡在身旁的男人翻了个身。

"不好意思把你吵醒了。"她喃喃低语。

"没关系。你做噩梦了？"

她摇头。

爱人将她揽在怀里："你不是一个人，还有我呢。"

他的温柔体贴得到了对方的回应："这对我来说非常重要……"

一小时后，他起床去煮咖啡。天色渐亮。

热罗姆看着她走进厨房。白色衬衣里包裹着曼妙身姿。他为之微微一颤。她真是个可人，身材纤细，这得益于她风雨无阻的慢跑习惯。虽有几丝白发穿插在浓密的金色秀发中，伊莎贝尔看起来还是比实际年龄小了十岁。

"夫人，你真优雅！还以为你调去了经济犯罪侦查科。"

她露出一丝苦笑。

现在不是开玩笑的时候。

两小时后，他们的车子停在了南特南边的住宅城——勒泽①——的殡仪馆前。

殡仪馆内，躺在棺材里的克莱尔·梅耶还等着她。

妈妈……

她朝遗体走去，热罗姆紧拉着她的手臂，搀扶住她。

已故的小学教师面色平静，装殓工的工作非常到位。母亲的病容早已无影无踪。时间久了，女儿早已习惯面带病容的母亲。从去年起，她就发现生活在大西洋岸边养老院里的母亲总是一脸倦容，坐在扶手椅里，足不出户。

皮肤苍老又泛白的老太太长时间滞留在精心打理过的露天花园中。伊莎贝尔更喜欢沉默的母亲，相较于她刚患上阿尔兹海默病那段时期，那时的她不再克制自己，她性格中那些最压抑也最讨厌的东西全都暴露了出来。夹带憎恨的记忆重新浮出水面，无法证明的过去如大浪不断涌来，而在过去的故事里，伊莎贝尔的父亲成为了主角。老妇人不停苛责丈夫，这让她变得面目可憎。女儿认为这番控诉有失公允，然而时间久了，她既不想去理解母亲，更不想去和她理论。

刑侦队的全体同事均来墓地参加了葬礼。其他部门的同事也大多是南特本地人，来了不少。警察分局局长达米安瞧见了伊莎贝尔，便朝她走去："伊莎贝尔，节哀啊。"

"谢谢您，先生。"

"您还能挺住吗？"

"我尽量。妈妈漫长的苦难终于结束了。"

"我想你们两人也可以松一口气了……"

气氛凝重的沉默后，局长发话了："……您母亲病了

---

① 法国卢瓦尔省城镇，3.4 万人。

多久？"

"十五六年了。"

"阿尔兹海默病害人不浅哪！上一任局长曾对我提过：您为了照顾母亲，辞去了巴黎警察局队长的职务……"

这番谈话让伊莎贝尔想起了她从前繁忙又疲惫的生活，当然这只是片面印象，其实她是能从容应对的。之后变故出现了，她只能做出选择：放弃前途无限的职位。

她的目光始终不离地洞旁的土堆。

"确有此事。"她轻声叹息。

"有您这样的女儿，您母亲很幸运。"

"她的最后两年极为艰难，因为她连我也认不出来了。"

达米安微微咳嗽："可能此时不适合对您说这事，但我还是不得不告诉您，一个月后我会离开分局。我的妻子终于找到了一份梦寐以求的工作，她无法拒绝。可这份工作在波尔多，所以我也得马上申请调动。"

她抬起头。

"您这就要抛弃我们不管了吗？"

她颇为欣赏达米安。此人较之他人既不野心勃勃也非无所作为，而且他很愿意听取别人的意见。

"我在南特任职快六年了，离开是迟早的事。"

她一言不发。

"伊莎贝尔，我还要告诉您：人事处最终为我安排了一名副手。准确地说是安排了一名女副手。我们已经等她两年了。"

"可谁来接替您的职务呢？"

"过了明年春天您就会知道了。在此期间，由那位年轻的女同事全权负责。"

"她叫什么？"

"露迪维娜·鲁昂。她刚刚过了二十六岁的生日。这是她的第一份差事。"

哦，不会吧，就一个黄毛丫头！

"她不会才从警校毕业吧？这可是个巨大的挑战啊，如果我可以这么说的话。"

达米安抬头望着伊莎贝尔。

"我希望您可以对她指点一二。您了解办事程序又深得人心。没有比您更好的助手了。"

"可这是刑侦队队长的任务啊。您为何要对我说这些？克里斯蒂安知道了会生气的。"

她的头儿随即消除了她的顾虑，他动动下巴："克里斯蒂安·夏洛尔已申请调往国土情报局。还有两年时间，他就要退休了。我知道他想看着小儿子长大成人。我祝福他，因为我也想为刑侦队物色一名新队长……"

他的嘴角掠过一丝狡黠的笑容，正好回应了对方质疑的眼神："……伊莎贝尔，您晋升的时机来了。"

2

鲁昂局长上任一周了。

她肌肤白皙、头发卷曲，那张脸看着就像刚成年。为了摆脱乳臭未干的印象，她刻意选择了严肃的穿着打扮。冷美人是也。然而伊莎贝尔看穿了对方的小把戏。

表面镇定自若，实则惶惶不安？不过换位思考也能理解！

有的上司会故意蓄胡须，做出冷若冰霜的表情，然而身为女儿身的她无法施展这样的伎俩！

在领导办公室里，伊莎贝尔用了一早上和午后时间向她汇报正在处理的案子。在和新上司的聊天中，她掌握了对方的主要情况。尚未婚育，父母均为利摩日①当地的公务员。毕业于波尔多的政治研究学院，获硕士文凭，在警局的招聘考试中遥遥领先，要知道此类行政考试难度很大。这个小女人在考试中名列第三，她本可以在参谋部选择一份安稳工作，然而她还是毫不犹豫地选择了司法警局，因为在她眼里，司法警局才是工作的意义所在。

"去年有多少起杀人案件？"她问道。

"四起，夫人。"

称她"夫人"怪怪的，按岁数，她也只是我妹妹而已。

"大部分案件属于家庭内部纠纷或是因经济问题引起的斗

殴事件。都是老生常谈的话题！有的时候，我们出动只是为了消除人们的疑虑。丢失的汽车在卢瓦尔河旁被找到了，可能与经济利益挂钩。有时会有年轻人刚离开夜总会便消失了。河流横穿南特，他们有的是机会落水，尤其是鼻子上挨了拳头后。"

一位治安队的同事敲门而入："很抱歉打扰您了，局长。可是雨果一定要见上尉，有紧急情况。"

鲁昂还未发问，伊莎贝尔抢先回答了："雨果·埃塞尔维亚下士是鉴定科同事。他想和我说什么呢？"

"有人在一所住宅里发现了一具男尸。案情蹊跷，我想已有同事赶赴现场了。"

伊莎贝尔起身。

"我跟你们一起去。"局长发话了，"我要看看你们是如何办案的。"

---

① 法国利穆桑大区首府，14 万人。

3

南特的圣安娜山丘是颇受当地人青睐的住宅小区之一，案发地点在小区中一栋出自建筑师之手的房子里。

伊莎贝尔把车停在小区入口处的人行道上，收起印有警察字样的遮光板。鉴定科的小卡车早已抵达，几位治安队的同事正在维护现场秩序。

伊莎贝尔朝住宅走去，鲁昂局长紧跟其后。偌大的客厅里有一面玻璃观景窗，可以欣赏卢瓦尔河上的绝妙风景。只要坐在家里，便可以看见安的列斯码头的圆环①，勒·柯布西耶②在勒泽设计的那幢熠熠生辉的房子，河流从古老的特伦特穆勒渔村一直延伸至最左边的大学医院。

房间里躺着一个男人，脸贴着地面。两名处理犯罪现场的技术人员忙得团团转，他们身穿千篇一律的连体服，头戴发套，手戴塑料手套，脚蹬鞋套。

露迪维娜·鲁昂向遗体走去。

屋里某位警员掀起遮住嘴巴的口罩，说道："宝贝，你穿这样的鞋是来看狗狗的吗？"

伊莎贝尔轻咳了几声："雨果，我来给你介绍一下局长大人，这是我们新上任的副局长。"

男子的脸色顿时涨得通红。

"夫人，埃塞尔维亚先生心直口快，您别介意。他很专业，您会看到的。"

鲁昂也尴尬至极。

"不好意思，我不打扰你们工作了。"

伊莎贝尔递给年轻的局长一双鞋套，然后对技术人员说道："你还有机会弥补刚才犯下的错误。给我们说一下错综复杂的案情吧？"

雨果把相机放到镶木地板上。

"是发现尸体的家政女工致电消防员的。"

"有人负责记录她的证词吗？"

"有，让-米歇尔·梅蒂维耶下士负责记录。目前我们了解到的情况。现场很干净：既没有入门盗窃的痕迹，也没有发现枪支、酒瓶或巴比妥类药物。尸体背对天花板躺在地上，手臂弯曲放在胸骨上，类似拳击手的动作。死者皮肤表层没有发现伤口，也没有吸食白粉的迹象。他脸部充血，嘴巴扭曲，可见此人并未安详离世。我关了百叶窗，我们用鲁米诺③检查了整座房子、厨房的洗碗槽、浴室和马桶，均未发现血迹。"

"死者系自然死亡？"

同事摇头否定："你们来之前医生刚走，我和他讨论了一会儿，他认为从法医学的角度来看，下葬死者会有困难。"

"从法医学的角度来看，有什么问题？？"

"死者眼部的巩膜上出现了一个疑点。鉴于眼睛的脱水作

---

① 南特地标性艺术装置，由 18 个圆环组成。
② 勒·柯布西耶(1887—1965)，法国建筑师、城市规划师，是 20 世纪最重要的建筑师之一。
③ 通用的发光化学试剂，与适当的氧化剂混合时会发出引人注目的蓝色光。法医学上使用鲁米诺来检验犯罪现场含有的痕量血迹。

用，死者可能死于昨日凌晨，其完全僵硬的身体也可说明这一点。心脏病突发很可能是其死因……"

她耸了耸肩。

"……稍等，你会明白的。"

雨果拿来一个贴了司法警局封条的袋子。他从袋子里面拿出钱包，又从钱包中取出一张正面安装有电子芯片的塑封卡片。

伊莎贝尔凑近细看：

起搏器植入者

"心脏起搏器？"

"你说得很对。植入者的身份显示在卡片背面：于勒·贝朗。这和我们在房间里找到的驾驶证上的名字一致。同时，我们还发现了有这个名字的名片。所有信息都很吻合：贝朗是南特智能天气公司的合伙人。"

伊莎贝尔迅速瞥了一眼噘着嘴巴的局长大人。

一名新手。在南特这样的人比比皆是。

"我们在浴室发现了好几盒用来预防排异反应的药物。我好像突然明白点儿什么了。"

"你想到了什么？"

"你知道，午休时我经常会和警局大楼里的小伙子一起跑步，他们就职于交通指挥部。昨天，他们给我讲了一起发生在谢维尔桥上的翻车事故，一辆宝马跑车很快燃烧起来。现场可谓混乱不堪！"

局长补充说："今早的警局报告里已记录在案了。"

"警方根据跑车牌照的信息查到了驾驶员的身份。事关某个叫奥德里克·贝朗的人。"

"妈的，他们是兄弟？"

"毫无疑问，你知道为什么吗？他们生于同一天。"

"所以他们是双胞胎。"

雨果因自己的新发现而洋洋自得。

"还有更劲爆的呢。警方对比了车祸时间及于勒死亡时间后发现：两名男子准确无误地死于同一时刻。"

沉默。

"双胞胎同时、同步死亡。这怎么可能呢？"鲁昂惊呼。

"所以我们要揭开谜底。"伊莎贝尔总结道，"现在我已掌握诸多相关证据，足以呈给检察官过目。案件自然会交由司法警局处理。"

雨果重新将钱包放回袋子。

局长大人看了看她们抵达之前医生刚刚签过字的证明文件。背面留有医生的备注："死因未知，正在调查。"

"还有，你得知道一件事。"雨果嗓音低沉地说道。

"什么？"

"消防员在奥德里克·贝朗烧焦的残骸中发现了一件特别之物。"

"洗耳恭听。"

"心脏起搏器。"

4

公证员起身，绕过办公桌来和伊莎贝尔握手。

"很抱歉打扰您了，可上一次我忘了转交给您一封信。我一直以为自己把它归进您母亲的档案里了，实则出于不慎，把它落在了文件柜柜底。"

"这封信的内容是什么？"

他把信封递给她。里面装了一张塑封卡片和几页印有"盒子空间"标志的信笺。

"这家迷你仓位于尚特内火车站附近。几年前，您母亲在那里租了一个迷你自存仓。信封里有关于仓库的所有东西：租赁合同、仓库号码、月租付费记录。她已提前支付了几年的租金。"

伊莎贝尔小心翼翼地问道："她为什么要租一个仓库？"

"因为您母亲知道自己的身体健康每况愈下。她迟早要卖掉房子才能支付去疗养机构的费用。我觉得她先处理此事的目的是避免留给你们一屋子的旧东西。这事她和我说了好几次了。"

伊莎贝尔目不转睛地看着信封。

片刻之后，她想到母亲也曾是知书达理、温柔贤惠的女子，而且对一切都充满好奇。可后来命运将一切摧毁殆尽。她想永远记住母亲先前的样子，至于母亲其他样子，尤其是生命晚期时的模样，她选择忘记。

她说不出话来。

我一直都不相信你已经走了。妈妈，你是我唯一的亲人啊。

又过了几秒钟。

公证员坐着，彬彬有礼地等待着她的答复。

伊莎贝尔喃喃低语："生病以前的她是那么和蔼可亲。"她的声音里有了哭腔。

"您不用急着去仓库的，有时间再去。"

厨房里的伊莎贝尔盯着日历发呆，思绪万千。

"你什么东西都没有吃！今晚你没有食欲吗？"热罗姆边问边收拾桌子。

"我不饿，可你做的东西真的很可口。"

"你想妈妈了？"

她点头。

"我觉得自己和那些孤儿没有两样了。我是父母唯一的孩子，自然体会过没有兄弟姐妹的痛苦，但我早已习惯了。可现在真的是当头一棒。这很残忍……只有我一个人了。"

她泪眼蒙眬。

他走到她身旁，亲了亲她的前额，然后说道："我仔细想过我们去年的讨论。我想我会喜欢未来的生活的。"

她凝视着他，一脸讶异却又心花怒放。

"你知道下个月我就过四十三岁的生日了。我研究过女性的生育曲线，四十岁的年龄段已经不是生育年龄了，它在曲线低谷无尽延长。"

他摇头："那又如何呢？不过是现在要不要做，或者绝不考虑的问题。"

他们深情相拥，伊莎贝尔紧紧搂着他，她不想放开他。

他真好，不会像别人一样逃之夭夭。

5

　　法医研究所与南特大学医院的太平间毗连。当日的值班人员是克洛蒂尔德·贝尔热。这名大龄女子一直保持运动习惯，故身材颀长，是单位的形象担当。她身着工作服——外科医生外套和手术服，除此而外，还穿了灰色或深色的衣服。她特别不喜欢警官的无端生事，对此，她会立刻粗暴地将他们打发回府。

　　伊莎贝尔·梅耶和她一直保持着良好的合作关系；她甚至在一次办案途中和克洛蒂尔德沿卢瓦尔河奔跑。一开始，后者对她稍显冷淡，但女警官猜测她有难言之隐。克洛蒂尔德·贝尔热的独子出生三个月后就夭折了。鲜有同事知道这桩陈年往事。从那时起，她便一心扑在工作上，同时还主持着大区婴儿意外死亡鉴定中心的工作。该机构隶属于大学医院儿科。

　　双胞胎贝朗兄弟的尸检即将开始。

　　左边的桌子上陈列着于勒的全尸；右边则是奥德里克尸身被焚烧后的残骸。

　　"我们先从谁的尸体开始？"贝尔热戴上口罩后问道。

　　"如果可以的话，我想从于勒的开始。"

　　大夫脱去了死者的衣服，随后打开了口述录音机。一名助手在旁拍照。

"尸体表面没有纹身，没有补形，没有病变伤口，也没有枪伤。"

接下来是各个器官的检查，贝尔热弯腰查看心脏："心脏起搏器安装在胸前左侧锁骨下方皮下。牌子为尖端电子，配备两根导管。起搏器显示短路，已失效。"

她称了称起搏器的重量。

"二十克，我还见过更加迷你的款式。"

伊莎贝尔凑近跟前："它看起来真的很脏！"

贝尔热点头赞同，然后把起搏器放在一个巨大的放大镜下观察。

"您看见起搏器下的电池了吗？这是锂电池，它以固有频率发送脉冲，刺激心脏跳动。而导管则负责将电流输送到心肌。"

"电池爆炸了！"

"准确地说是起搏器短路，立刻引起了心搏停止。我还注意到起搏器电池中的液体扩散到了心脏里。锂是一种碱性金属，人体如果摄入会引发中毒。所以即使起搏器没有爆炸，这位先生也可能中毒身亡。而且是慢性中毒身亡。"

"心脏起搏器也会爆炸？"

"火葬场里频频发生。原因是家属忘记告诉工作人员死者的身体里安装了起搏器；它的破坏性可不容小觑。"

奥德里克·贝朗的尸体则不同于此。

克洛蒂尔德·贝尔热重新开启口述录音机。她说话的语气和刚才如出一辙："尸体残骸的特征表明是一具人体尸身被深度焚烧（……）尸体下身全被焚烧殆尽（……）胸廓也未能幸免于难。现肉眼可见一台心脏起搏器。"

"同一品牌……"伊莎贝尔说道。

医生把她的手套扔进垃圾桶。

"想必中毒报告里已注明大量的锂填塞进了心包。去查查两兄弟的病历。从于勒的情况看，我们可以说他患有房室传导阻滞。既然他们是双胞胎，那么他俩也许深受心脏先天性畸形之苦？"

伊莎贝尔收起笔记本。

"可怎么解释两个心脏起搏器同时短路呢？"

贝尔热莞尔一笑："发生一次故障的概率微乎其微，同时发生两次故障，这简直闻所未闻。我从未处理过这样的案例。"

6

司法警局占据了南特警局大楼的整整一层。这是一个超级安全的区域，配置了装甲大门、胸卡读卡器和摄像头。会议室里，负责调查贝朗案件的人员全都到齐了：伊莎贝尔、克里斯蒂安·夏洛尔派出的几名警官、让-米歇尔·梅蒂维耶和刚刚完成鉴定报告的雨果·埃塞尔维亚。

年轻局长正襟危坐于会议桌尽头，身旁有伊莎贝尔助阵。队长夏洛尔鉴于自己近期的工作调动，已将案件的调查交由她全权处理。

露迪维娜·鲁昂发言了："正如各位所知，南特检察院已经发布了一条指控嫌疑人 X 犯下过失杀人罪的消息。此案受害者为奥德里克·贝朗，现场办案的交通事故队所提供的证词确认：其宝马汽车在谢维尔桥上突然失控。目前所发生的一切让我们怀疑，死者尸体内发现的心脏起搏器是其致死原因。两起同时发生的起搏器故障事件。"

雨果用眼睛的余光扫视梅蒂维耶。他的同事看起来有些羸弱，难道他发烧了？

但愿他别把病毒传染给我们。

局长继续说道："检察院在提起的公诉中要求提供医学鉴定作为补充材料。目前，我们只有尸检报告及大学医院的心脏血管科提供的评估报告。大学医院的报告指出，双胞胎兄弟均为心脏畸形病患。"

"医院即刻告知我们，"伊莎贝尔补充道，语气中透着一丝狡黠，"他们为贝朗兄弟做了手术，并在兄弟两人身上都安装了尖端电子起搏器。"

"我会在笔录中再次证实。"一个同事说道。

"好的。"伊莎贝尔继续道，"但是咱们还要再搜集点信息。最有可能的假设是：起搏器的生产出现了纰漏。如果不是这样的话，那么我们要将注意力转移到实施手术的外科医生上了。"

另一名警察随即说道："一个享有盛誉的心脏科专家出错两次，这也太夸张了吧？"

其他人深表同感。

"可对于这个未解之谜仍不失为一个合乎逻辑的解释。"伊莎贝尔回应道，"现在我们最头疼的是……"

"……两台起搏器同时发生故障。"年轻局长的分析有板有眼。

无人发言，气氛异常沉重。

伊莎贝尔于是接着说道："我们要从奥德里克的住宅开始调查。也许他家里的电路出现了故障？联系法国电力公司，看看当天夜里他居住的小区是否发生了电路故障。大家还有什么要补充的吗？"

夏洛尔轻点下颔。他办案无数，堪称警界楷模。他像布列塔尼人一样沉默寡言，但一开口便言中要害。他蓄着红棕色的胡子。临到晚年，他再次改写了人生。一个小男孩的出生使他变得精力充沛，足以支撑他度过最后两年的工作时光，然后去享受退休生活。

他迅速扫了一眼笔记，然后说道："奥德里克的住所位于市中心的繁华地段，我们最好来个突然袭击，最迟明天就要行动。他们兄弟俩手足情深。两人的家庭条件优渥，两人都在经商，也是当地商会受人尊敬的会员。两人同时管理着一家设在南特的公司：智能天气。这是一家设计天气预报软件的企业，从他们的网站上便可了解一二。"

"双胞胎兄弟有家室吗？"

"于勒既没有妻子也没有孩子，但奥德里克留下了一个寡妇。两兄弟都是工作狂，也可能是两个小天才。因为他们的公司在法国和美国拿过很多大奖。"

夏洛尔将一篇发表在《论坛报》上的文章扔到了桌上。文章标题为：《预报天气的人工智能系统现身南特》。

"该文章发表于三个月前，他们的公司可能已经引起了美国 FEMA 的注意。"

"FEMA 指的是……"雨果问道。

"联邦应急事务管理署，这是一个以维护城市安全为宗旨进行自然灾害预测的机构。2005 年，该机构成了舆论热点，因为当年 FEMA 未能及时预测卡特里娜飓风的到来，结果新奥尔良一片狼藉。于是从那时起，该机构奋发钻研灾害预测的技术，同时在全世界范围内收购技术专利。"

局长望向了伊莎贝尔："您有什么提议吗？"

"贝朗兄弟不是普通人。我建议先去尖端电子总部调查，然后再走访智能天气公司。当然也要听听那个寡妇说了什么。"

全体成员离开了会议室，伊莎贝尔陪露迪维娜回办公室。

把门关上后，伊莎贝尔直言不讳："只要您认为可行，我们可以一起给预审法官打电话。您会知道需要在哪些地方多加注意。"

鲁昂紧绷的脸庞松懈了下来。

雨果在自动咖啡机前又遇上了梅蒂维耶："让-米歇尔，你还好吗？"

"还好，为什么这么问？"

"刚才你好像状态不太好。"

对方沉默不语，他只好继续说下去："你生病了？"

"没有，只是家里有些烦心事。"

让-米歇尔的妻子就职于南特广场上一家大型律师事务所。身为农产品加工企业家之女的她是一名虔诚的天主教徒。不久前，她结识了一党政客，其中几个要人在这届政府中还身居部长级的高位。雨果明白他的同事深受家庭地位低下之苦，故而心情复杂，难以言喻。律师妻子独断专行，几个孩子的性格也深受她的影响。多年以来，这个家庭中的父亲竟成了最委曲求全的人。

"本周我们可以安排个聚餐，你就别想那些烦心事了。"

另一人摇了摇头："雨果，这个提议很不错。但是现在不行。"

他说完便头也不回地走开了，他的身影随后消失在走廊里。

7

　　尖端电子公司位于南特城郊，藏身于下尚特内老工业区一条不起眼的小街上。吊车林立，巨大散装谷物箱密布的自治港口距公司只有两步之遥。这家中小型企业是心脏可植入假体全球龙头企业在法国的主要经销商。负责人菲利普·埃尔维耶原是医学院教授，现已退休。他在办公室里接待了夏洛尔少校。他有些装模作样，警官也并不觉得讶异。

　　既然你的心脏起搏器失灵，那么你大可关门歇业了。

　　埃尔维耶说话时有些结巴："发生了这样的悲剧，我的心情难以平复。"

　　"您肯定是尖端电子为贝朗兄弟提供了两台心脏起搏器？"

　　他沉重地点点头。

　　"我和他们私交不错，我们是朋友，还同为南特企业联盟俱乐部的成员。我觉得自己对他们的死亡负有主要责任，可我真的很震惊，因为我们的产品完全符合严格的行业标准。十五年来，我和供货商从来没有发生过任何纠纷。"

　　夏洛尔想起尸检报告里的几张照片。

　　起搏器严重短路。我可不想体内揣着这么个玩意儿到处溜达。换句话说，这就是一个拔去销钉的定时炸弹！

埃尔维耶努力为自己辩护，语气略显激动："起搏器的所有配件均为钛质材料做成的密封组件。它们是在德国进行精密组装的，继而经过多次检测。据统计，法国有六万人安装了心脏起搏器，他们中有三分之一的人都在使用尖端电子起搏器。发生此次事故真的太可怕了，而且也是史无前例的。"

　　老家伙用双手捂住了头。他看上去不像在撒谎。

　　"之前装了起搏器的人没出现过不适的情形吧？"

　　"我从来没有收到于勒及其兄弟的投诉。有一名心律医生负责为安装了心脏起搏器的病患提供售后服务。"

　　"咱们还是聊聊您的医疗器械吧。"夏洛尔说道。

　　"这批起搏器是最后一批配置远程医疗功能的起搏器了。"

　　"您能说得再具体点儿吗？"

　　"它们属于'智能'器械，也就是说：它们能够自行检测和纠正技术问题或处理比如像心律紊乱这类的突发事故。它们所有的设置都是自动化的。紧急情况出现时，医生可直接收到电话通知。"

　　"医生的手机？"

　　"是的，医生会收到一条加密短信。但这只会发生在紧急情况下。一般来说，我们的人工心脏发送的数据皆通过一个安装在病患家里的传感器来采集，之后传感器又将采集到的信息发送到网站上。"

　　夏洛尔朝前倾身："如果我让人去检查一下这个传感器，能获取一些信息吗？"

　　"您要寻找的信息存储在集团总部的某个服务器里。"

　　"获取这些信息很困难吗？"

埃尔维耶叹了口气："我已经去采集信息了，因为我也想弄明白。"

他起身拉开了办公桌下的一个抽屉。回来时，他的手里拿着两页纸。

夏洛尔核对着上面的内容。

"可这对我来说简直就是天书。您怎么看这些信息，您得出了什么样的定论？"

教授嗓音低沉地说道："未检测到任何不正常迹象。"

"所以这批起搏器一直都没有问题吗？"

"是这样的。"

"直至它们突然停止运行……然后爆炸了！"

负责人点点头，对于这个不解之谜，他也无可奈何。

"发生意外的那天，记录显示了什么？"

"服务器记下了准确的时间。正是在这个时间点，起搏器中止了数据传送。在十二月六日二十一点十分起搏器的一切功能突然停止了。"

"所以，您认为我们的推断有理可言吗？"

"两台起搏器停止运转的时间相差不到一秒。"

8

爱丽丝·贝朗迟钝地伸手接住伊莎贝尔递给她的咖啡。她由一位男子陪伴而来，后者体贴地搀扶着她。此人叫雷米·德洛尔姆。

他们两人先被分开询问，然后各自在口供上签字。警察似乎又将案情的进展往前推了一步。

智能天气公司的创立人是雷米·德洛尔姆的父亲，毕业于巴黎综合理工学院，后来摇身一变成了企业家。他专攻气象灾难的预测，并启用人工智能来分析浩如烟海的数据。然而这个工作狂突然因肺血管梗塞与世长辞了。他的儿子在管理方面表现平平。倘若没有双胞胎贝朗兄弟的巨额投资，这个新兴家族科技企业很可能早已不复存在了。

伊莎贝尔和企业创始人的儿子聊了很久："您往后有何打算？"

他唉声叹气地说道："噩梦不断重复，企业再次失去了领头羊。先是父亲的离去，现在于勒和奥德里克又离开了。他们是如此地卓尔不群，我们的公司发展态势良好……"

"从所持股份的角度而言，您会成为智能天气的领导吗？"

雷米·德洛尔姆摇摇头："我只持有 20% 的股份。爱丽丝继承了她亡夫以及小叔的份额。我不知道她会做出怎样的决定，她对生意上的事情毫无兴趣。我们会一起商量解决方案。我父亲研发了人工智能天气预报技术，它不能这么凭空消失了。我会极尽所能地帮助爱丽丝的。"

伊莎贝尔打开笔记本，她在寻找一条昨天全体会议时记录下的信息。

"媒体提到联邦应急事务管理署可能考虑收购智能天气，您知道这一点吗？"

德洛尔姆神情凝重："只要我还活着，这家公司就只可能留在南特。把我们卖给美国佬，想都别想。"

伊莎贝尔打量着他。

假如寡妇决定卖掉公司，把钱收入囊中，就此翻过这一篇，你又能如何呢？

"您的合伙人有过仇人和债务吗？我也问了贝朗夫人这个问题。"

"她怎么回答的？"

"我现在问的是您。"

"他们都是很简单的人。"

"您和他们相处融洽吗？"

"父亲去世后，如果没有他们为公司注入资金，企业早已不复存在了。我感激他们所做的一切。"

伊莎贝尔将寡妇和合伙人送至接待处后，又拟定了一份前往税务机构的调查申请。她将派人查询企业的银行账户文件，唯有如此才可鉴别出雷米·德洛尔姆签过字的账单。她想知道这个男人究竟是腰缠万贯还是负债累累。

夜晚来临，伊莎贝尔在厨房里摆好了餐具。她将一份冷冻食品放进烤箱。热罗姆会准时回家。她起身去拿手提袋，从里面翻出验孕棒。她进入卫生间，抽出试条。很快，结果便清晰呈现了。

9

露迪维娜·鲁昂缩在办公室的扶手椅里，她正在阅读刚刚拿到手的口供记录。伊莎贝尔在稍远处若有所思地捋着一绺头发。局长开口了："如果有人预谋了这两起故障，那么用来发号施令的手机是必不可少的？"

"一定是用手机遥控指挥的。毫无道理可言的谋杀根本不存在。"

"与两台心脏起搏器相关的线路均无破绽可言，我们还得往别的方向走走。"

上尉指了指放在办公桌上的文件："雨果今早联系上了反信息犯罪总局；有同事提议他去会会某位退役的陆军军官，此人现任教于圣纳泽尔的一所学校。他所在的学校培养未来的工程师。我在网上查了一下，这个家伙获奖无数，足以让人目瞪口呆。他是解码、网络保护方面的专家，他一定会给我们一些合理的建议。"

"两台起搏器同时发生技术性故障，"局长反驳道，"这可能吗？"

"大学医院已做过内部调查，为双胞胎兄弟实施手术的外科医生已录过口供。这是业内非常有名的专家，在其二十年的职业生涯里从未出过差池。至于生产起搏器的厂家，我在网上没有发现任何相关的丑闻。所以我建议将我们所有的注意力都集中到'外面'的线索上。"

雨果专门负责网络犯罪调查,他得会会国家信息及信息系统安全学校校长让-路易·阿马尔。后者身材魁梧、说话生硬,头发剪得很短,这让人不禁想到他从前的军人身份。他从事鉴定计算机病毒数年,之后将自身所掌握的知识和经验传授给了学校的学生们。国家信息及信息系统安全学校一直保持低调,但该校的毕业生可以轻松地凭借一己之力找到工作。

在让-路易·阿马尔办公室的一面墙上,挂着某位将军的名言:"在战略环境中,感染病毒的 U 盘的危害远胜一枚重达二百五十千吨的炸弹。"

雨果言简意赅地向阿马尔陈述了案情。他把两台已经完全损坏的心脏起搏器放到对方面前。在宝马车里燃烧过的那台起搏器损坏情况尤为严重。

阿马尔眯起了眼睛:"您到底想了解什么?"

"这两个人工心脏同时发生故障,而它们之间相隔了几公里。出现这样的情况绝非偶然吧?"

校长从抽屉里取了放大镜检查着那台没有燃烧过的起搏器。

"起搏器是联网的吗?"

"是的。"

"我想您已经猜到我要说什么了。"

雨果只好说出心中所想:"人工心脏将它记录的信息持续传送到应用网站上。"

老师略作补充,语调却让学生感觉不快:"任何物体一经联网,人们就可以在网络上发现它。如果该物体拥有操作系统,那么它就有可能被黑客侵袭。无线传播的数据轻而易举便可被截取。黑客只需一台小小的接收器和一台简易手提电脑就足以遥控联网的机器。"

"可本案中的心脏起搏器是怎么被操控的？"

他耸耸肩，貌似已然知晓答案："黑客可以通过干预电池来叫停人工心脏或者发出置人于死地的放电指令。"

雨果再次从座位上站起来："假如让您拆解这两台起搏器，您能看出究竟吗？"

"也许能看出来。我先给您看个东西。"

校长迅速起身去找去年在蒙特利尔举行的研讨会的小册子。几篇媒体报道过的文章出现在介绍中。

阿马尔指出其中一篇刊于 2013 年的文章：

迪克·切尼使心脏起搏器失效以防恐袭

为预防远程袭击，迪克·切尼在担任美国副总统期间听从了联邦调查局负责人的意见，将心脏起搏器断网。年届七十二岁的当事人已突发过几次心脏病，并做过冠状动脉搭桥手术。

"您听说过物联网吗？"

"比如告诉您该去购物的电冰箱吗？"

"坦白说，真实情况远比冰箱更为堪忧。据说二十或三十年后，全球将会有五百亿个物体联网，比如汽车。目前，最大的隐患是人们无法预见这些物体是否安全。我不是要和您探讨因特网监控下的核电站或水利站，我要说的是人们常说的'可控'这个概念！只要输入几行密码，便可发现某个自动化系统的缺陷，于是人们便可以让火车出轨或熄灭一座城市的灯光。"

几分钟后，阿马尔紧握警官的手。

"我的技术人员将会仔细研究这两台任性的起搏器；我得说您勾起了我的好奇心。但我还是真心希望这只是一次故障。"

"法官大人可不这么想。"雨果回答道。

退伍军人面色凝重。

"假如作案者可以远程控制这两个可怜家伙的命运，那么他还有什么不能做的呢？"

10

鲁昂局长担心起大区媒体的报道,因为孪生兄弟的案件开始传得沸沸扬扬。

"我已经收到几个记者的采访请求。"她叹了口气,看着刚刚走进她办公室的伊莎贝尔说道。

"既然消息放出了,就让法官来控制局面吧。"

"这是我接手的第一个案件。还真是好事成双啊!前台刚刚给我打电话说:楼下德国心脏起搏器制造商——赫兹医学公司——的代表到访,两个人都衣着考究。"

"他们想干吗?"

"我猜他们是担心此案在媒体上造成的影响。如果两台机器均有缺陷,他们的团队就得要应对危机。由于他们的公司已在法兰克福股市上市了,金融层面的影响很快就会反映出来。"

"如果您想听听我的意见,那么我得说:金融家比记者更难伺候。"

"所以在此风口浪尖上,无论如何也不可以指责他们的器械有缺陷。"

"他们若知之甚少,局面就很好掌控。"伊莎贝尔作了结语。

刚走出办公室，伊莎贝尔就接到男友热罗姆的电话。

"我今天可以早一点离开博物馆，我来接你吧？"

"好啊，唐璜先生，我需要换换环境！"

几分钟后，他的摩托车已停在警局大楼下面。他递给她一顶头盔，她爬上车坐在他身后。他们穿过城市，沿卢瓦尔河骑行。到达某座浮桥的时候，热罗姆停下摩托车，两人欣赏着暮色中的美景。

"今天很不顺吧？"

"和其他日子比起来也不算什么。你呢？"

"勉强上了两节课，我险些犯偏头痛了。"

她的男友是儒勒·凡尔纳博物馆的导游和讲解员。

她亲了亲他。

热罗姆看起来心事重重："可你还是没有告诉我。"

她一脸讶异地盯着他。

"我看到垃圾桶里的验孕棒了。"

"我明白你在说什么了！亲爱的，你真的很有做警察的潜力！如果你想知道的话，我可以告诉你孕检结果是阴性。"

"好吧，我能理解你为什么保持沉默了。我们还可以试试，没什么问题。"

她一脸狐疑："很抱歉又要和你提那些数据了：介于三十五至三十九岁之间的女性，生育概率不到 25%。如果我们想成功造人，现在可不能停下啊。"

"我可是体验过更累人的活儿呢。"他说完哈哈大笑。

她紧抱住他："你说得对：不过是现在要不要做，或者绝不考虑的问题。"

11

伊莎贝尔去会议室见她所在团队的头儿夏洛尔，几周后夏洛尔就要换工作了。

"你想见我？"她问道。

"我很快就要去休假了，虽然只是一小段时间。"

"可你不会离开我们吧？"

"我要好好珍惜休假的日子。家里一箩筐事情等着要做，最近几个月我太太都没怎么见过我，更别提凯文了。很快他就四岁了，我害怕有一天他不叫我爸爸，而叫我叔叔。"

"我不敢相信你就要离开刑侦队了。"

"我任职的部门就在你们楼下，我们总会见面的。可交接工作前，我还是希望案件调查能取得一些进展。我们还有最后一条线索可以一起调查。"

"这是我们最后的突破口了吗？"

他微微一笑："说不定是好事呢。你准备好接任了吗？"

"既然你想知道，那么我得说当然准备好了。我很欣赏你的客气，你让我开始接手所有事务；可名义上，我还只是你的副手。"

他的嘴巴躲在胡须后小声嘀咕，之后他面露几许尴尬之色。

她想到的却是：这么个粗糙的家伙却有一颗金子般的心灵。我会想念你这个混蛋的！

"你还记得自己在帕纳姆下船的情景吗？我站在最前面，我们几个人在拐角处恭候你的大驾。高级女警官来指导我们的工作啦，可你为人谦逊，你同意做我的副手，放弃了36总局①的工作，而你也做过部门领导啊。我对你颇为欣赏。后来的日子里，这种欣赏从未改变过……"

之后，他流露出了些许个人情感："……伊莎贝尔，你是个好女孩儿。我希望你和热罗姆一切安好。"

她感受到了对方的情绪点。

"好的，现在你可以说正事儿了吗？"

他轻轻咳嗽："我重新理了一遍雨果和我们讲述的拜访国家信息及信息系统安全学校的经过以及计算机黑客的故事。心脏起搏器黑客，这太不可思议了。一个冷酷无情的家伙可以遥控处决两个男人，他不会在试探的道路上就此罢休的。他肯定有过前科。"

"没错。"

"我查看了我们的资料，并将注意力集中在盗窃信息的人员身上，有两个相关嫌疑人引起了我的兴趣。"

"哪两个？"

"第一个叫于连·格里芬。三十五岁，做过中学数学老师，现居住在博略某处廉租房中。"

"这是警局的优质客户吗？"

"家庭保护刑侦队有他的材料。这家伙英俊到无可挑剔，

_____

① 指巴黎警察局。

也很注重外表，那些轻佻的姑娘为之疯狂。但他也是一个公认的窥淫狂。四年前，这个强悍的家伙在任职的中学的体育馆女更衣室里安装了联网摄像头。他的装置很精巧：摄像头由埋于沿槽上的太阳能电池供电，同时还有一个无线连接系统将其与电脑连接。人们在数月后才发现了他的鬼把戏。学校收到了他的辞呈，但出于害怕丑闻曝光而没有控告他。最近得到的线索是：他在一家服务于学校的公司工作。"

"可他作为嫌疑人不太符合'常理'啊？为什么要攻击两个四十多岁的孪生兄弟呢，因为他通常瞄准的对象都是年轻女孩啊？"

"我的美人，先听我说完。在接触那些可爱的金发面孔前，你得知道他曾经打了一份三个月的零工。处理一些计算机方面的问题，并获得微薄的薪水。刚才我去了位于拉佛斯滨河路上雇佣过他的事务所。你知道他最后出现在哪里吗？南特的大学医院。这是一个精通无线网络的家伙，他在设有心脏科的大楼里闲逛，而双胞胎兄弟正是在该医院做的手术……谁能猜得出他会在那里制造什么麻烦呢？你知道法国医院可不比诺克斯堡①那般戒备森严。"

"很好。那第二份资料呢？"

"雅尼克·加达。六年前，警方曾在南特审讯过他。警方怀疑他恶搞在线网络游戏玩家。他的伎俩是窃取玩家的电话号码，然后以玩家可能会进行网络犯罪为理由报警，说服警察突袭玩家住所。加达欣喜若狂地和几千名流媒体平台的用户看着他的受害者被警方拘捕的直播过程。"

---

① 美国陆军的一处基地。

"好的，那我们从谁开始查起呢？"

"雨果和一个同事来负责调查于连·格里芬。我建议你来调查加达。我可不喜欢大家看我们的笑话，尤其是现在这个时候。"

"这位先生住哪里？"

克里斯蒂安·夏洛尔对她眨了眨眼睛："他住在一个隐蔽的地方，就我们两人去拜访他好了。"

12

　　警局的标致 207 停在破旧的楼房入口处，这里是位于南特西边的廉租房小区。

　　夏洛尔和伊莎贝尔穿上了和这个小区居民一样的服装：牛仔裤、运动鞋、带帽的厚绒套头运动衫。夏洛尔在下车的时候顺便取了汽车后备厢里的小背包。他们往一个遍布涂鸦的脏兮兮的过道走去。小区的垃圾一股脑地堆在一棵法国梧桐树下。

　　"我来过这个地方，"夏洛尔低声抱怨，"此处是一个由工人自主管理的企业职工宿舍。物换星移，如今组织早已无人管理，于是那些偷鸡摸狗的毒贩就把这个'禁止警察入内的'小区当作理想的藏身之地。"

　　"我还是第一次听说有这么个地方。"

　　"所以你要格外小心。我们要找到加达的住处，试一试深浅。"

　　"我更想逮捕他。"

　　迎面走来两个年轻人，伊莎贝尔赶紧低头，不让对方看到自己的模样。

　　右边有一道楼梯，台阶上斑斑点点的痕迹，一股恶臭袭来。

　　"绝不要放过任何一处蛛丝马迹。"他说，"加达曾在监狱待过三个月，在此之前他可是跑酷高手，他可以在屋顶上像杂技演员一样跳跃奔跑。但愿监狱生涯让他变得反应迟钝，不要从我们手中逃掉才好。"

伊莎贝尔拿夏洛尔的肥胖打趣："我总算明白你为何让我陪你过来了。"

他第一个走上楼梯。厚绒套头运动衫完美隐藏了他俩的防弹背心。

"可你怎么就能确定他在家里呢？"伊莎贝尔问道。

"带你过来之前，我已和一个做公营住宅租赁业务的线人联系过了。加达签过这幢楼某套住房的租赁合同。现在这个时候，我们正好把他从床上揪起来。"

大楼最后一层，走廊尽头的公寓引起了他们的注意。

少校用力敲门。

无人应答。

他再次敲门，终于听到脚步声。

一个头发蓬松，穿着短裤的年轻男子只将门打开了一半。他的脸藏在钢制的门钩后。

"你们他妈的是谁？"

"我们是警察，想问你几个问题。"

夏洛尔的目光越过年轻人的肩膀，扫视了一遍屋子："你的电脑看起来不错啊，告诉我……"

"请稍等片刻，我穿一下衣服。"

他正要把门关上的时候，夏洛尔用脚尖抵住了。

房客突然不见了。

加达抓起牛仔裤和 T 恤衫，他来不及穿鞋。他冲向一堆主机中的某台电脑。巨大的液晶显示屏上，他将光标移动到某个专属危急时刻的红色图标上。一个词语出现在了屏幕上：

删除。

快点儿啊！

他忙不迭地点击鼠标。

您想要永久删除硬盘上的数据吗？

"好的！快点，快点！"

开始删除：5%

夏洛尔隔着半掩的门喊话："别让我们等，我们可没有一整天的工夫跟你耗！"

正在删除：20%

雅尼克·加达打开公寓的窗户，纵身一跃。两名警官惊愕得睁大了眼。

"他居然逃跑了！不会吧。伊莎，让开！"

少校猛地往前面的门撞去。门钩被啪地撞开了。

正在删除：42%

夏洛尔连忙冲向窗口。年轻人灵活的身影出现在低于公寓三米的另一幢铺满碎石的楼房屋顶上。

"伊莎，他就留给你了。"警官说完之后开始捣腾电脑。

上尉嘟哝着跨到窗台上，双手紧抓边缘，然后顺势落下。她滚到了屋顶上，但立刻站了起来。加达跑得很快，他的身影早已消失在烟囱后。

屋内的夏洛尔密切关注着屏幕上的进度条。

正在删除：78%

他伸手摸向书桌下方，抓了一把电缆，猛地一抽，一个多路插座掉了下来，电脑屏幕黑了。

伊莎贝尔一直追到屋顶尽头。此时加达已跳上脚手架，他从一块木板跳到另一块木板上，身手灵活得叫人咋舌。现在轮到她跳了，她的脚才一碰到上面，脚手架就开始摇晃，她只好借助滑轮上的绳子滑到下面去。

年轻人向一幢旧楼房的梯子纵身一跃。那梯子会让人想起纽约布朗克斯区①那种消防楼梯。

伊莎贝尔大汗淋漓，防弹背心压着胸腔，她几乎喘不过气来。她缓了一会儿，然后集中所有力量往前冲去。她双手紧抓离她最近的横杆，双脚却在空中盘旋。

如果摔下去，你的脚踝轻而易举就裂开了，甚而会搭上性命。

她猛地一用力，爬上了钢制平台，呼吸急促地攀上铁梯。终于到达屋顶。

假如他一直奔跑，我就不追了。我的心快要跳出来了。

屋顶上可俯瞰到炊烟袅袅的烟囱，远处的谢维尔桥，以及随处可见的一幢幢廉租楼房。

加达早已从她的视线里消失了。

口袋里的手机嗡嗡作响。夏洛尔打来电话："你在哪儿？"

"在一幢有涂鸦的楼上，一股子尿骚味儿，离加达住的那幢楼三百米……"

她小心翼翼地靠近屋顶边缘。

"……他把路给堵死了。有辆山地自行车堵在车辆出入的大门口，你走外楼梯……"

她的背部突然被猛烈地撞了一下，好在有防弹背心可以缓

---

① 纽约五个区中最北面的一个，这区居民主要以非洲和拉丁美洲后裔为主，犯罪率在全国数一数二。

和冲击力，却失去了平衡。

她摔落到了下方两米的斜坡屋顶上，又弹到了水泥合成板上，沿着长长的斜坡一路翻滚，终于靠双脚卡住了檐槽。她摔得晕头转向，极度的惧怕让她尖叫连连，好在双手抱住了铝制水管。她悬空吊着，双腿不停扑腾，碎石地面离她还有十几米的距离。手指在身体的重压下失去了血色，可她还在坚持。生存的本能使然。

上面的加达一脸嘲讽地看着她："我不想再回牢房！"

"帮帮我，我要掉下去了！救救我吧！"

他一脸愕然地盯着她，却纹丝不动。

伊莎贝尔的鞋子刮过墙面的灰浆。她的脚下没有任何挑檐可以支撑。

求他也是枉然，简直是浪费自己的呼吸。看看能不能使劲抓住什么东西。

年轻人突然不见了。

去找一根绳子！

他回来了，双手举着一块重重的石头。

"我不会再回牢房了！"

伊莎贝尔的双臂酸痛难忍。大概这就是攀禽动物的烦恼吧。

我要努力撑下去。

她双目紧闭。

得抓住什么……

上面响起熟悉的声音："马上放下石头！"

加达正要还击，突然一声巨响，紧接着是痛苦的尖叫声。

伊莎贝尔看见某种黄色的圆形物体沿着斜坡滚落到了地沟

里。原来是闪光弹！

她抬起头看见夏洛尔。他评估了下她的窘境，交代她要坚持住，说完就不见了人影。

上面某个地方响起了一阵枪声。

不到一分钟的时间，他又回来了，手里拿着在维修室里找到的水管。他刚刚开枪打开了维修室的门锁。他将水管沿着屋顶放下去。她已经没有力气了，却还是紧紧抓住水管的端头。她得救了。

13

　　雅尼克·加达此刻被铐在地上，就在他的公寓里。几名警察拍下了电脑及其工具的照片。雨果·埃塞尔维亚忙于清点所有物件，局长在和伊莎贝尔交谈："您没受伤吧？"

　　上尉面如土色。

　　"我不敢相信自己差点要来个惊险的跳水动作了。"

　　"你受到惊吓了，坐下休息一下吧。"夏洛尔发出了命令。

　　她抓过一把椅子，眼睛却始终不离黑客。

　　如果时间充裕的话，他会把石头扔下来吧？

　　"这家伙的家什也够帅的。"雨果不无羡慕地说道，"至少有六台电脑，信息存储量惊人。"

　　夏洛尔俯身靠近年轻人。闪光弹在他的肩膀上留下了大面积的血肿。在撞击的作用力下，他放开了石头，而警察则在把他按到地上之际给他戴上了手铐。

　　"刚才你想删除掉的东西是什么？"

　　那家伙将目光望向了地面，三缄其口。

　　雨果将其中几台电脑重启，而它们均需要输入密码。

　　"你好像也给硬盘设置了密码，很狡猾啊。"

　　露迪维娜·鲁昂把夏洛尔拉到一边低声问道："您断定这个

年轻人试图谋杀伊莎贝尔？"

"我觉得他有这个意图。"

"既然如此，那么那块石头呢？"

"石头？"

"他手里拿着的石头，这是你开枪的合理动机。我要提醒你：楼上没有任何目击证人。假如他说您在他赤手空拳的情况下对他开枪，那么这和您所说的截然相反。我建议您再去找找那块石头，找到后将它放进密封袋里，交给雨果来核实。这个乳臭未干的莽撞家伙或许在我们的案件调查中派得上用场。"

"夫人，您说得对。我这就去找石头。"

她转身看了一眼雨果："情况如何？"

他再次起身："我们得将电脑全部都带走，但要耗上数小时来分析数据，所以我需要一个帮手。"

"谁能帮您呢？"

"雷恩大区司法鉴定处。他们的信息技术部门非常强大。"

"好极了。上尉，您能过来一下吗？"

伊莎贝尔去走廊与露迪维娜碰头。

"您回家吧，您需要好好休息。"

她摇摇头。

"没事儿。多亏了肾上腺素，我又像电池一样能量满满了。"

局长大人凝视了她一会儿。

"我接到国家信息及信息系统安全学校校长让-路易·阿马尔的来电。他在心脏起搏器上发现了东西。"

"到底是什么东西呢？"

"我没有完全弄明白。他想和你们面谈。"

"我和雨果立刻出发。我正好借此机会查查雅尼克·加达的资料，他几年前也是这所学校的学生。"

"好极了！但去之前我要交代两件事：您不能开车，还有您要向我保证去圣纳泽尔前先好好休息几小时。明早我们再碰头。另外，您别忘了我们的取证要让人无话可说。如果阿马尔发现了有价值的证据，那么一定要正式记录在案。还有，我们的案子被公认为是最棘手的，所以最好能让法官指定阿马尔为调查专家。这就意味着他需要宣誓，而且他得为我们写一份可归入预审材料的报告。"

"他是退伍军人，这应该没什么问题吧。"

"很好！那么，我还要说最后一件事情：加达手里的那块'石头'，他想用来'除去'您的那块石头……如果法官认为他的谋杀企图成立，那么会要求检察官做补充起诉。当务之急是要问问雨果在这堆电脑中是否还隐藏着其他违法行为。比如，未经许可持有间谍软件。"

"有相关的法律条文吗？"

"刑法第 226 - 3 条。"

"好家伙，您对法律条文熟记于心啊。"

露迪维娜面露笑容："拥有一位刚刚从警校毕业的领导也不无好处啊！"

夏洛尔回到家里时，快到二十一点了。他的女友坐在厨房里，她早摆好了自己的餐具，显然已经用过餐了。

"亲爱的，你没有等我一起吃晚饭还真是明智之举。"

他脱下皮夹克。她递来一个阴郁的眼神。

"你应该提前说一声的。"

好吧，看来我还得再忍受一番数落了。

"抱歉，可我没时间，也没想到要和你说一声。"

"你有时真的很自私！"

他生气了："我同事差点因为一个小无赖而摔下去！真是命悬一线啊。好吧，关于晚餐的事，我'很抱歉'。"

她摆出了一副事不关己的模样。

"你答应过要多花些时间和我们在一起。"

他拿了一把椅子，然后坐到了她的对面。

"我离调职也不过几周的时间而已，我会信守承诺。往后的每天我都会在六点半准时到家。到时候你可别再叨叨我了。"

女友仍然没有笑容。

"我愿意相信你。"

他小心翼翼地为她理了理挡在前额的头发。

"凯文睡了？"

"你看看时间，这个时候肯定睡了！"

"我去亲亲他。"

她听到他上楼梯的声音。他笨重的身体让旧木楼梯嘎吱作响。夜深之后尤为吵人，更让人不爽。最糟糕的是：卫生间设在楼下，克里斯蒂安每天雷打不动五点钟起夜。只要他起床去方便，她也被吵醒了。那时她会狠心诅咒这个男人和他的前列腺，唯有这样，她才能再次入睡。

夏洛尔弯腰亲吻儿子。他在黑暗中跪了一会儿只为好好看看儿子。

争吵……在所难免。

刑侦队可谓他的邪恶情人；它摧毁了他的上一段婚姻，他发誓不会再过从前的日子了。新一代警察不会再像他们的前辈一样看待事物了，也许他们才是对的。多少同事埋头工作却最终付出了孤独终老的代价？

克里斯蒂安，别再重蹈覆辙。

他再次轻轻关上卧室门。经过走道时，他匆匆瞄了一眼比赛时用过的弓。这种带滑轮的款式始于上世纪九十年代，五年前他把弓挂在那个地方就再没动过，现在落满了灰，他知道弓弦早已变形。

房子的某个角落还有几支炭素箭呢，也许就在他们卧室的床底下。孩子出生后，他便把它们藏起来了。他的孩子是一定不能被箭伤害到的。

14

近下午四点半，伊莎贝尔和雨果把车停在国家信息及信息系统安全学校的停车场上。

让-路易·阿马尔在办公室等他们，身旁还有一位眼球突出的秃顶男子。后者穿了一件过时的衬衣和一条灯芯绒长裤。

校长与两位警官握手寒暄后将同事引荐给他们。

"这位是研究 IDO① 的专家。"他说道。

"也就是'物联网'的意思。"专家注意到伊莎贝尔疑惑的眼神后连忙解释。

"研究心脏起搏器问题的人是他。"阿马尔说道。

说完这话后，他指了指放在办公桌上的两个深色小套子。

"心脏起搏器就装在套子里。"

伊莎贝尔拿起其中一只套子。她发现套子的布料质地很特别。

"假如没有身处安全区域，我建议您最好不要打开它。"校长说。

"为什么呢？"

他朝秃顶男子转身。

后者回答："这两个套子是我制作的：是一种布料和金属的混合材质，能屏蔽电波。手机放在套子里，就会与外界隔离，自行切断手机网络，无法检测到它的定位系统，也无法连上WI‐FI。完全摸'黑'。这和您把手机放在微波炉里产生的效果是一样的。"

"为什么要这么小心翼翼呢？"伊莎贝尔问道。

阿马尔继续说道："两个心脏假体只是部分爆炸。锂电池成了炸药，可爆炸还需要一根置于假体中的'导火线'。我们认为很可能是由病毒引起的。"

"病毒？"

"正是。极有可能是这样的情形：有人潜进心脏假体系统中，并在其中安装了恶意程序。而这个人又控制了程序，接下来发生的事情，我们都知晓了。"

"发生了什么事情？"

"他进行了致命的放电操作。"

秃顶教授提示："电流介于六百伏特至八百三十伏特之间。"

校长接着说道："病毒可能也会误导温度传感器，加快心率而置人于死地。但凶手偏爱类似迷你炸弹的电池。因为这种方式……来势迅猛。"

"可又怎么解释另一起同时发生的死亡事故呢？"雨果问道。

"这很简单，"校长解答疑虑，"病毒肯定会像'逻辑炸弹'②一样运行：将致命电量编进程序以便在既定时刻引爆。杀死这两兄弟的人原本可以在两次袭击之间间隔一段时间，让

---

① IDO 是法文 Internet des objets 的缩写形式，意为"物联网"。
② 嵌入在正常软件中并在特定情况下执行的恶意程式码。

人们误以为这是由心脏假体的机能障碍所致，可他选择了另外的方式，所以我们认为他是想出风头才这么做。黑客的身体里总是住着一个膨胀的自我。"

"可这些小套子的作用何在？"雨果还是不得其解。

让-路易·阿马尔将一个小套子放在手里。

"病毒一直存在于假体系统内，其破坏力不容小觑。假体是通过因特网被感染的。我们觉得它还会进一步蔓延，比如它会感染到附近其他佩戴者的心脏起搏器。"

"这还不尽然。"专家进一步解释道，"如果该病毒极其复杂，它也有可能感染医院的服务器并最终演变成毁灭者。"

"屠杀者……"校长更直接，"你们看看图表！"

"可我一直以为是心脏假体的电池爆炸了？"

教授摇摇头："某种程度上来说，这款起搏器应该有备用电池。就目前掌握的情况而言，备用电池并没有运行。我们曾尝试让备用电池失效，可苦于没有工具在不破坏起搏器的前提下打开设备。"

"在我们不熟悉的机械面前，仍要保持谨慎，"阿马尔说道，"我们宁可阻断一切，以防……"

雨果看着一脸茫然、不知所措的伊莎贝尔。

"你碰到过这类东西吗？"她问。

他摇头。

"'杀手'如何行凶呢？"

退伍军人操起严肃的口吻，他要清晰地陈述风险的严重程度："我们不知道凶手是独自一人还是一个团队。他的行动应该分成两个阶段来执行。首先，他需要鉴别出心脏假体的型号继而获得病人的机密数据。之后，他就会发起袭击。"

"他可以在任意地方点击吗？"

"不，病毒感染利用了两台机器的联网功能。无线网络将起搏器和一个终端设备连接起来。由终端设备通过因特网将数据发送给医生。袭击者距离目标不能超过二十米。所以首先要得到终端设备。"

"那么终端设备在哪儿呢？"

"在受害者家里，可能就在他们的卧室里。"

寂然无声。

"假如我是行凶者，"校长继续说道，"我可能会误导终端设备，让它执行错误的更新命令。"

"您能再说得明白一点吗？"伊莎贝尔请求道。

"当年我效力于对外安全总局①的时候，"阿马尔回忆道，"常常听说某些商人因为使用了豪华酒店的无线网络而被人剽窃了电脑信息的事。其实黑客的操作模式是一样的：他们推荐受害者启动某个玩意儿或在其电脑上下载某个应用。受害者只要点击，烦恼便不请自来了。"

伊莎贝尔谨慎地整理着两个套子。

她轻声说道："我觉得好像在拿着瘟疫的病原体。"

阿马尔点头表示赞同。

她对专家说道："我需要单独和校长先生谈谈。感谢您的倾力相助。"

专家起身离开了。

上尉拿出她的笔记本。

"您曾有一名叫雅尼克·加达的学生。我想听听您关于这

---

① 法国最主要的对外情报机构，它由法国国防部领导。

名学生的看法。"

"杀死两兄弟的人不是他。"阿马尔说道。

"您这么肯定吗?"

阿马尔的身体微微往前凑:"会发明这种破玩意儿,还会泰然自若地让其传播,这就是恐怖主义所为。加达完全没有能力来承担这个后果。我对他印象深刻,如果他不是这么自视甚高的话,早已成就一番事业了。说到他在我们这里为期不长的学习时段,也只有他的性格让人侧目了。我们毕业班的所有学生均会在大区的企业实习,而接收加达的企业并未投诉过什么。"

伊莎贝尔从电脑包里取出手提电脑和迷你打印机。

"我要重新来过,把您刚刚给我讲述的一切记录下来,最后再请您在口供上签字确认。我也会请您的同事做同样的事情。接下来,我们会请法官确认您作为专家的任命。我猜法院的名单上需要像您这样很有能力的信息专家。"

这番话让军人面露喜色。他也喜欢听恭维话。

一小时后,两名警官走出学校。

一群学生在停车场附近的长凳旁吸烟。

其中一人看到带有"警察"字样的遮光板。他记下车牌号码,从人群中抽身而退。他把手伸进口袋,从中掏出一个一次性手机。人们可以从网络上购买这种手机。费用也就几欧而已;手机配有一张预付款的 SIM 卡,在烟店老板那里就可以现金购买。

他发出一条短信:"警察突然到访国家信息及信息系统安全学校。"

很快，一条回复。

"几个人？"

"两个。"

"身份？"

"？"

"手机号＋车牌号。动作快。"

关了手机后，学生照命令行事。他抽出 SIM 卡，将其弄成小碎片。接着，他把自己关在学校的卫生间里，吐出一长串胆汁。脸色苍白得吓人。

坐在抽水马桶上的他感觉身心无力，他想自己可能惹祸上身了。

15

两台心脏起搏器放在桌子的正中央,警方谨小慎微地将其装进不透明的套子里。

刑侦队的全体人员以及其他支队的支援人力均在会议室里。鲁昂局长刚才分别和法官、预审法官都谈过话了。会议室的电视屏幕上滚动播放着一系列新闻。媒体报道中,赫兹医学公司的公关人员也在电视上露了脸。他们正在召开新闻发布会。

鲁昂让大家安静,并示意手下放出电视的声音。

电视里的男子身着无可挑剔的西服,他一口否决了德国出产的心脏假体出现故障的假设。他接下来的发言就像是一场精心加工过的应对危机的公关演讲,滴水不漏。

"在不到一小时的时间里,我已先后联系过法新社、《自由报》《世界报》和《论坛报》。"局长说道,声音略显疲惫,"在案情影响没有辐射到全国之前,我们得尽快破案。"

"我以为恶性影响已经辐射到全国了。"一位警官持相反意见。

他的这句话使会议室里的气氛异常沉重。

"关于这一点,我们先暂停讨论吧。希望你们能言简意赅地分析案情。按诉讼程序办事,也只能照程序来。"

伊莎贝尔说道:"此案的确关乎双重犯罪:作案模式为网络袭击。嫌疑人或者说嫌疑人群住在南特或离南特不远的地方。他们都是计算机高手,实战经验丰富。他们或许为某些犯罪团体卖命。"

"他们也有可能是间谍呢?"夏洛尔说。

"所有的假设都成立,但我们得了解凶手的动机。为什么要除掉孪生兄弟呢?谁会从谋杀中受益?我们查过他们的银行账户,无懈可击。"

"还有那个寡妇,她丈夫没买人寿保险吗?"夏洛尔问道。

"买过,可金额和其他人是一样的:不到十万欧元。而这位太太本身的生活就很优渥。"

大家陷入沉默。

"南特方面有什么线索吗?"露迪维娜·鲁昂问道。

伊莎贝尔示意夏洛尔回答。

"雅尼克·加达还在拘留期内。法官又签发了一份补充起诉,雨果正在努力,想要找到那些电脑隐藏的秘密。可是几乎每一台机器都加密处理过,所以他还需要些时间。我们调查了一下这个家伙在半年时间里的所作所为:目前正在联系大学医院的心脏科以及尖端电子,还未发现什么线索。"

"我在他的电脑上找到了两三个嗅探①软件,"雨果说道,"这是一种黑客为了搜索 WI‑FI 网络而使用的程序,他们会试图强行入网。可是无论是谁都可以在网上获得这个程序,所以也无法证明些什么。"

---

① 一般指嗅探器,可以窃听网络上流经的数据包。

"那另一边，谁负责调查老师？"

梅蒂维耶再次仰头："于连·格里芬。今天早上，我们稍微拜访了他一下；他任由我们检查他的居室，并无过激举动。至于他的计算机能力，和加达毫无可比性。他在墙上贴了很多年轻女孩的照片，拍摄风格很像大卫·汉密尔顿①的作品。显然，我是不会让他给我女儿上数学课的。但我发现他为人十分低调。"

"他曾在大学医院工作过，你们知道他在哪个科室待过吗？"

"他在和心脏科毫不相干的大楼里工作。他没有任何专业背景足以胜任心脏科的工作。"

"既然这样，我们又该如何行动呢，"局长问道，"我们放弃这条线索吗？"

"这是最明智的做法。"伊莎贝尔说道，"法官从未同意过延长他的拘留时限。我们不能说风就是雨。"

"那后面的调查该如何继续？"

圆桌周围的人都沉默不语："不要同一时间都不出声啊！"

夏洛尔进一步解释道："伊莎贝尔觉得国家信息及信息系统安全学校的专家很权威：有人利用了两台心脏起搏器的远程监测系统来进行袭击。终端设备就安装在两兄弟各自家中。我们要去寻找设备。接下来，我提议我们再次拜访尖端电子和大学医院。黑客应该在袭击之前采集过信息。信息是被盗窃还是被剽窃，我们不得而知。既然黑客把病毒'留在'了心脏假体

---

① 大卫·汉密尔顿(1933—2016)，法国摄影师、导演，以一系列年轻女子的摄影作品著称，其摄影作品画面通常柔和朦胧，好似绘画。

里，那么他可能会在某处留下踪迹。我们得刨根问底，一再挖掘线索。检查大学医院各处摄像探头的视频，辨别在工作人员专用区域里活动的外来人员……"

会议结束后，伊莎贝尔和夏洛尔应上司的要求留下。上司起身去关门。

"这可能不只是犯罪，而是谋杀了。"

夏洛尔耸耸肩："此话怎讲？"

"一个可以从一台起搏器传播到另一台的病毒……假如它没有被黑客遗忘的话，那就意味着是故意留下的。"

"所以这玩意儿是被设计好了以便成倍扩散吗？"伊莎贝尔询问道。

"也没有回收的办法。"夏洛尔持反驳意见。

局长一脸紧张："为什么不找一个专业的部门来破案呢？我觉得我们对此无能为力。整个案情何其复杂……"

伊莎贝尔端详着若有所思的她。

局长快到崩溃的边缘了。

于是她说道："如果我们寻求另一部门的援助，那么我们就会被淘汰。这很遗憾。再给我们二十四个小时，我们会再次拜访尖端电子。现在我们已经排除了几条没用的线索，我预感到目标其实离我们很近了。"

鲁昂双臂交叉以掩饰其惴惴不安的情绪。她扫视了一遍办公室，好像要用眼睛在某个地方找出一个已经公布的答案一样。可是办公室里只有空白的表格，一面插着的三色旗。而她对面的墙上，是司法警局总局的标志。

当她的目光与属下的目光交错之际，她已然下定了决心。

国家信息及信息系统安全学校校长的办公室除了保险箱和电脑屏幕锁住以外，办公室的门一直处于开放状态。维克多·索雷尔借去卫生间的缘由暂离课堂，他想碰碰运气。过道里空无一人。要么现在，要么永不……

　　他走进校长办公室，直奔小巧的名片盒。

　　翻阅名片的时候，他满头大汗，心跳也比往常更快。

　　从哪里找起呢？不如从 Police 里的字母 P 下手。

　　他找到名片了：刑侦队伊莎贝尔·梅耶上尉。名片上还留了手机号。

　　年轻人拿出手机拍照。

　　接着，他迅速从办公室撤离，真乃来去匆匆。

16

夏洛尔看见尖端电子的停车场里停放着一辆豪华的四门轿车，有似曾相识的感觉。他曾在电视上见过这辆车，当时手拿麦克风，扛着摄像机的记者们将两名代表团团围住。他得承认：几日内公司代表并未失业，他们频繁地进行公关，而法官却三缄其口。

夏洛尔请求雨果陪他去一趟公司，暂且放下对年轻黑客加达的电脑的检查工作。

公司里的氛围并不轻松。女秘书请他们耐心等待二十来分钟。之后他们看见赫兹医学的公关代表神情凝重地走出来了。

"我想他们会用问题炮轰我们的。"看着他们渐渐远去，雨果说道。

"他们过的是上层社会的日子，我倒是不担心他们。他们唯一关心的是尽快补救以挽回生产商的名誉。"

菲利普·埃尔维耶在下面的第三十六层办公室里接待了他们。

夏洛尔心想：我们可能会让你有压力的！

开门见山之前，他向公司领导介绍了雨果："我们想参观一下您的公司，因为案情的所有线索需要我们返回此地……"

他说案件也许源于网络袭击，与他对话的人瞪大了双眼。

"……有人必定在某个地方采集过数据了。破坏之前需要确定目标所在，这是我们在部队里学到的东西。所以与生产商相关的技术资料放在哪里？"

菲利普·埃尔维耶起身，抓起办公桌上的一串钥匙。

"跟我来。"

他打开了一扇装甲门，门上贴着告示："非相关人员禁止入内。"

雨果问："谁能进去？"

"我和一位技术人员。"

"他人在哪里？"

"大部分时间他都在德国工作。发生……的那个恐怖夜晚，他人不在南特。"

夏洛尔打量着房间内部。摆放着电子配件的多层架，装满分类文件的柜子。

"这里有电脑吗？"雨果问道。

"没有。"

"墙上也没有网络端口吗？有联网的设备吗？"

教授摇了摇头："我不信任信息技术，这是我们那个年代的人的问题。你们不仅找不到电脑及其配套的有线网络，其他的东西你们也找不到。我会给你们合理的解释！赫兹医学规定经销商要严格执行其安全标准；我的公司每年都要经过一次审核。刚才你们遇到的魅力十足的代表团就是为了来验证我们公司是否在认真实行最新规定。我是不会违反规定的，因为如果我丢掉他们的独家代理权，那公司就不复存在了。"

夏洛尔拉了一把椅子过来坐下。他的目光扫视着整间屋子。

"可能有人进来过，但你们并不知情？"

"擅自闯入从来没有发生过。没有钥匙，不可能进来。只有两把钥匙，一把在我这里，另一把是给我那在莱茵河彼岸工作的同事。而我一直随身携带着钥匙串。"

夏洛尔再次起身。

"我们照章办事吧。我需要尖端电子所有从业人员的完整名单，包括职员和分包商。"

一刻钟后，会议室的桌上放着喝完的咖啡杯以及花冠般排列的合作方资料。合作方大约二十余人。

"这份单独的文件夹是什么？"雨果问道。

"实习生的文件。"

"多少位实习生？"

"目前没有实习生，最近的那位已于不久前结束他的实习期了。"

"什么时候结束的？"

"大概一个月以前吧。"

夏洛尔审视着大学生的履历表：维克多·索雷尔。

他默默地将这一页材料递给雨果。他的食指指向实习生所在学校的名称："圣纳泽尔国家信息及信息系统安全学校（44）。"

夏洛尔问道："他为什么离开了？"

"我们也很想知道。但这个年轻人并不想告诉我们。当然，我们将这一疑虑转告了学校。这不是我们遇到的第一个奇怪的实习生，可能还是代沟问题……"

"请您帮我们复印一份他的履历表。"

17

快到晚上八点了，露迪维娜·鲁昂还在办公室里。她和母亲在煲电话粥，聊家里和猫咪内斯托的近况。刚刚得知中学时代的闺蜜已经怀上了第一个孩子。

科室早已空无一人，她觉得自己很孤单。窗外的房子已被浓雾笼罩。她用手指轻轻拨弄了手机一阵，想去看场电影。回家，给自己做顿饭，然后捧着餐盘独自对着电视机，这对她来说太过凄惨。

市中心艺术实验电影院正在上映一部浪漫喜剧，可预定一小时后的场次。完美。

她的眼睛感觉到了疲惫。关掉办公室的电脑前，她瞄了一眼电子邮件，一条新信息闪现。她立刻被标题吸引了："南特，一位年轻的警局女局长登上头条。"她打开邮件，正好看到署名为杰里米的人发来的信："嗨，露迪维娜。看到你从学校毕业之后事业一帆风顺，为你高兴。"她感觉到内心深处隐隐作痛。

杰里米！

数年之后，他又和她联系上了。她愣在屏幕前羞愧难当。她是在上学时遇到他的，他们相处时间不长却感情深厚。他曾是她的初恋。

她唯一爱过的人……

记忆袭来。当年杰里米举家搬去巴黎继续深造，而她留在了利摩日，留在父母身边，陪伴因抽烟成瘾而患上癌症的父亲。

他们的书信往来日渐稀少。第二年秋天，杰里米告诉她：他要离开法国去纽约了，他在美国有一个实习机会。他为此激动不已。

她依然清晰地记得离别的那一幕。那是一个悲伤的雨天周日。利摩日的乡下，父母在隔壁房间看电视，父亲猛然一阵咳嗽。生病的他很喜欢亲爱的女儿留在家里。

"露迪维娜，我希望你陪我去美国。"杰里米再三坚持。

他是在电话里说出这句话的，小女孩一辈子都会记得。当时她站在客厅窗户旁，黄昏降临，雨水灌溉着乡间田野。

他在等她的回答，她紧紧握住电话，乡下的静谧和父亲的咳嗽声让她惶惶不安。

她对他说出了让他痛彻心肺的话语。数周、数月流逝。当她在夜深人静深感不安的时候，她告诉自己："我要放弃一切，我要去他在布鲁克林的单身公寓找他。"

接着，警察考试临近，她只好临时抱佛脚。她不再思念他，也不再后悔自己的选择。再后来，父亲与世长辞，而她也去里昂念书了。

一天夜里，她在因特网上发现了杰里米在脸书上注册的账户。美国大都市的照片，还有他和某个女孩默契又炫耀的自拍。露迪维娜感到自己的心碎了……

可为什么你现在又出现了？

倍觉困惑的露迪维娜打开附件。有一份与孪生兄弟案件相关的材料，但没有任何关于她的文字。

她又回到信上，只有一句话。

心如刀割。

孬种……

她的脑海中响起一个尖锐的声音："你在想些什么？不要再沉迷过去，否则你会被过去的幽灵一直纠缠，你还会因为一些不值一提的小事而承受痛苦。"

她决定改变自己。

拿起外套后她伸手去关电脑主机。

一条信息闪现在屏幕上：

远程访客已断开网络。

信息瞬间消失。

她离开办公室，随手启动了报警器，便朝着通往科室停车场的电梯走去了。

18

维克多·索雷尔骑着他的高级小摩托穿出大厦停车场。拿着望远镜跟踪的夏洛尔吹起了口哨，以示羡慕："这可是最新款的雅马哈啊，换作是谁都无法抵住诱惑。谁说大学生身无分文的？"

"我们怎么办？跟踪他吗？"让-米歇尔·梅蒂维耶问道。

"是的，同志。开车！"

汽车在萨尔-布里克大道上飞速行驶。车子左边是马拉科夫城的高楼群，右边则是蓝色丝带一般的卢瓦尔河。

"他像疯了似的骑摩托，可别丢了自己的小命！"

夏洛尔拿起无线对讲机。

他们面前的摩托车朝右转去。

"伊莎贝尔，我们正在跟踪索雷尔。他在商业广场的土耳其烤肉摊前停下了，就在圣马克教堂左边。我吩咐让-米歇尔继续跟踪。"

对讲机里传来噼啪声。

"好的！我们已在进入大道两百米的地方停车了。"

让-米歇尔下了警局的雪铁龙车，朝广场走去。

年轻人穿着一件名牌厚运动衫。他走进烟草-报刊店。土耳其烤肉摊前，几个成年人一边吸烟，一边环顾四周。

让-米歇尔留在附近的面包店前。目标人物再次出现，手里拿着一个玩意儿，随后他将手里的一部分东西扔进垃圾桶。

"他朝小摩托走去了。"

让-米歇尔在回到车上前，先在垃圾桶前停下。他从中刨出两个包装壳，并将其塞进衣服口袋里。

大学生骑摩托飞快驶离了。

夏洛尔抓起对讲机："伊莎，他会在十秒钟后到你的地盘。"

"收到！"

她发动汽车，驶离人行道。小摩托突然出现在她的后视镜里。经过下一个环岛时，他超了她的车并回头望了眼伊莎贝尔，然后突然加速行驶。

"克里斯蒂安，我们又回到了西雅图大道。他开得飞快，我怀疑他发现了警车。"

夏洛尔猛踩油门。

但愿别出车祸……

"他刚刚走了市场税路，他进入林区了。"

"那边有很多减速带，他应该没法飙车了。伊莎，跟紧他！"

小摩托车沿高地行驶。几辆被人遗弃的汽车整齐地停放在路边。道路左边很快闪现出一片露营地，偶见简陋小屋和一堆乱七八糟的东西。冬季漫长，从树上飘落的枯叶堆积在柏油路上。

路面有隆起，减缓了小摩托前进的速度，轮子又在腐烂的枯叶上打起了滑，最终倒在了路边。大学生也连带被弹出，飞到两米开外的地方，身体撞到地面。

伊莎贝尔突然将车停在道路中央。

年轻人再次起身，头脑昏昏沉沉。他认出了警车，是那辆他在国家信息及信息系统安全学校记过车牌号的车子。

夏洛尔第一时间赶来。

伊莎贝尔离年轻人不过十余米，后者从口袋里掏出手机正准备发短信的时候，她的手也放在了枪托上。

"放下！"夏洛尔大吼，声如洪钟。

大学生举起双臂，而他右手的大拇指同时按下了手机的"发送"键。夏洛尔从他手中抢过手机，发现手机的屏幕上赫然显示：**警察抓住我了。**

"这是发给谁的短信？"

对方不作回答。

伊莎贝尔给他戴上手铐。

小摩托车后的置物箱在撞击的作用下打开了。里面放着一台手提电脑。

夏洛尔抓住大学生的一只肩膀，将他按在汽车的引擎盖上。让-米歇尔搜查年轻人的口袋，他拿出年轻人扔在垃圾桶里的包装壳。

"一次性手机，预付费的 SIM 卡。小毒品贩子的全部家当……也许你还是一个初出茅庐的恐怖分子呢。你想通知一下你的幕后老板吗？"

大学生盯着地面，一言不发。

"伊莎，给法官打个电话？"

两分钟后，她走向他们。

"法官大人给我们开绿灯了。"

夏洛尔凑近年轻人，问道："维克多·索雷尔，我的手表显示几点了？"

　　大学生看看手表，却不得其解。

　　"十一点二十五。"

　　"好的，你被捕了，因为你参与了一起凶杀案。"

19

　　审讯室内，伊莎贝尔将一杯咖啡放在维克多面前，后者早已瘫在椅子上。让-米歇尔自愿担当审讯者，意欲从第一份录口供工作起就尽快"熟悉诉讼程序"。这份职责无异于管弦乐团指挥的工作。一叠文件很快被高高堆起。雨果负责检查大学生的智能手机及其个人电脑。倒是没有设置密码的文件，可开机需要密码。

　　他的办公室已然变成了作坊，墙上贴了一张上一季巴黎马拉松赛的海报，是唯一显示他个人印记的东西。他在办公桌上整理出一点空间，将智能手机插入专用电脑上。他使用的是一种美国制造的 U 盘，即使手机上锁了也能检测到手机内的数据，以及所有在储存卡上已经删除的数据，完整恢复数据需要二十来分钟：图片、视频、文档……他点击了应用后，便专心查看电脑。

　　密码设置在 Windows 内。在雨果看来，这无非是个孩子的把戏，几近于玩笑。他将电脑翻转过来，开始卸下硬盘。他随后将硬盘通过数据线连接上刑侦队电脑的端口复制器。不费吹灰之力他便查到里面的内容，同时还恢复了好几个数据。

　　过了一会儿，让-米歇尔弯腰出现在办公室门前。

　　"他在犹豫什么？"电脑工程师没有抬头。

"坟墓。他害怕死，可我们还是要继续撩拨他。你这里怎么样了？"

雨果面前的电脑屏幕渐渐被一行行数据填满。

"请你转告伊莎贝尔和克里斯蒂安来我这儿一趟……"

他微微一笑。

"……我想我刚刚发现了一大堆东西。"

刑侦队只差在外办事的局长大人了。

"情况如何？"伊莎贝尔问道，语气热切。

雨果转身看着他的电脑屏幕。

"索雷尔的电脑安装了某些让他在上网浏览时匿名的程序，比如罪犯和人权卫士经常使用的洋葱路由器[1]，还有加密猫[2]，一种加密的聊天软件。你觉得他为什么会这么防范呢？"

"我不知道原因何在。"伊莎贝尔回答，"可是对于一名国家信息及信息系统安全学校的大学生而言，这不是很正常吗？"

"我还没说完，"雨果继续，"我还在他的智能手机里恢复了一个叫做 KEY ME 的应用。该应用可以通过扫描钥匙来进行复制。"

"怎么操作？"

雨果将自己家里的钥匙放到桌上，再用索雷尔的手机来模拟复制场景。

"你使用拍照功能来激活应用。接下来，你只需要调整图

_____

① 外文名为 Tor，可以实现匿名通信的软件。
② 外文名为 Cryptocat，一款非常注重安全的聊天软件。

像位置并拍摄钥匙的正反面。钥匙的模型随后会被记录并保存于由这家软件公司管理的服务器上。最终，我们可以使用 3D 打印机打印出一个热塑性的钥匙复制品。"

"在哪儿可以找到这种打印机？"

"网上即可购买，价格不到五百欧。如果要多安装一个工业设计软件来建模的话，那么价格会高一些。"

"所以你认为他使用了这个应用？"

雨果的脸上绽出一朵笑容："我记得尖端电子的主管对我们说过进入禁区需要一把特制钥匙。而那个区域里存放着心脏起搏器的设计图纸以及相关数据。没有入室盗窃的痕迹，也从来没有人偷过菲利普·埃尔维耶的钥匙串。所以，我们如何解释接下来发生的事情？"

克里斯蒂安·夏洛尔满脸写着"赞同"两字："埃尔维耶的办公室几乎是一直开着的。我们进去的时候，他自己告诉过我们这一点，你还记得吗？他的钥匙串就放在那个地方，一眼就看见了。索雷尔没有铤而走险偷走钥匙串。他只是拍照而已！"

"就是这张照片。"雨果边说边点开某个他从智能手机里恢复的图片文件夹，"就这张。"

钥匙的照片被放得很大。

"干得漂亮！"伊莎贝尔大叫，"马上给我起草一份措辞严谨的笔录，记得附上照片。我给法官去电，把这个好消息告诉他。"

下午晚些时候，露迪维娜·鲁昂回到办公室。她第一次和警察局长召开的警局会议刚刚结束，她做了发言，但给自己留了余地。她再次见到各个安全部门的代表及奋斗在一线的宪兵。局长毫不谦虚地炫耀起他的累累硕果。

我还有这么多的东西要学习。沟通也是非常重要的……

年轻女子又想起学校某位老师说过的话：会做事、会沟通。

她打开电脑，坐在她熟悉的位置上，看到在屏幕的红色背景上出现了一条粗体字的信息：

局长女士，您的文件已被加密。

下方的灰色窗口里还有内容：

此电脑中的大部分数据已被 RSA－4096 软件加密。我们的目的不是以此勒索钱财，只是要求您在二十四小时内请求负责调查贝朗兄弟命案的预审法官公开宣布他们的死亡系车祸，并终止调查。如果您照做，我们会将解码 U 盘转交您。如果您没有照做，我们会再次猛烈攻击电脑系统。

没有署名。

下面的倒数计时器开始计时了。

露迪维娜冲向走道。

20

　　雨果和伊莎贝尔俯身查看领导的电脑。

　　她深受打击。雨果拿出手机拍下电脑的红色屏幕，然后将电脑断网并关闭。

　　他告知："这是一个勒索软件。"

　　露迪维娜的满腔愤怒终于爆发了："他是怎么潜入我的电脑里的？"

　　雨果挠着下巴说："勒索软件通常是通过邮件来传播的，它隐藏于附件中。人们只要点击附件，它就会自行访问电脑。您是否记得最近收到过什么诡异邮件？"

　　她点头。

　　"那么这就是原因所在了！"

　　"现在我们怎么办？"她问道。

　　"要防止这个程序感染部门的其他电脑。我已将电脑断网了。接下来要做的是通知同事们，请他们用防毒软件检查自己的电脑。"

　　"那我的电脑怎么处理？"

　　雨果做了一个无力回天的手势："这就是负责管理计算机设备的人的事情了。他的办公室在雷恩，不在我们辖区内。我们给他去电请他来南特为您更换主机。"

"那我的文件该怎么办？"

"您保存了吗？"

"没有。"

"幸亏您是刚上任，既然您也不知道密钥，那我们现在什么都做不了！"

几分钟后，露迪维娜关上了办公室的门。伊莎贝尔留下陪她。

"这是一次预谋袭击，他们想让法官放弃案件！"

"可是头儿，咱们也看到了事情好的一面。我们办案本来是普遍撒网，现在突然坐实了黑客犯罪的假设。杀害双胞胎兄弟的人露脸了。他们为什么要冒这样的风险？因为风声紧了。"

"是雅尼克·加达让他们感到害怕了吗？"

"我，我更倾向于维克多·索雷尔！我们抓他的时候，他给一个神秘人发送了一条短信，显然，这是他的同谋，我们获取到对方的电话号码了！"

"接下来我们做什么？"

"请法官定位手机，我们来看看后续会发生什么。"

露迪维娜坐在办公桌后，双手掩面。

"我得去雷恩汇报，还要向法官汇报发生的一切，我觉得自己犯错了。"

伊莎贝尔正想安慰露迪维娜，她却抬起头来，眼里闪过一丝凌厉。

"上次我就不该听您的。我的第一印象是对的，应该让专业部门来处理此案。"

伊莎贝尔交叉双臂语气冷淡地说道："别忘了索雷尔仍被关

着。他还是个孩子，他会招供的。我想顺着他这条线可以找到他的同谋。"

她说这番话的时候还做了个动作。言毕，她拿了夹克便走出办公室。

雨果从放电脑的房间里走出截住伊莎贝尔。他一脸凝重。

"伊莎，不要小看这次袭击。如果勒索软件蔓延到其他电脑上，那么它就很可能攻击我们的服务器，甚至更糟。"

"我明白。可这一切是我无法控制的。"

"我也无可奈何，我擅长信息侦查，但不懂网络架构！你知道吗，我刚才想起一件事情，2015 年发生在美国的一个案件。缅因州的好几个警察局皆沦为一个名为'兆码'的勒索软件①的受害者。警局领导眼睁睁看着他们所有的电脑系统瘫痪，而黑客则向其索要上万美金。"

"结局是什么？"

"警察买单了。"

她略作停顿。

"所以我们真的要穷得叮当响了吗？"

雨果唉声叹气。

---

① 这个勒索软件真实存在，外文名为 Megacode。

21

夏洛尔少校一大早就和卢瓦尔河大区特别工作组取得了联系。该工作组是一个集警员、宪兵、海关人员及税务调查员为一体的调查部门。

电话的另一头是路易·德·洛维尔巴勒中校。

"我的中校大人，您好！鄙人是司法警局的夏洛尔。"

然而礼貌性的客套话很快就说完了。

"我们某位'客人'的拘留行将结束，我们需要支援。您那边税务部门的对接人可以帮我查个账户吗？我们锁定的对象刚给自己买了辆漂亮的轻便小摩托，可是他没有工作，我们觉得有些蹊跷。我随后会给您过目法官的调查令。"

"我需要您在下午就回复我，可以吗？"

"好极了，我立刻去办理调查令，中校大人。"

夏洛尔挂了电话。和宪兵队能否建立长期合作关系纯属运气问题。每隔三四年，就会有一位新长官接替前任，一切又都需要重新开始。信任不会被接替。

少校前往拘留室。

"我们要重回审讯室了，索雷尔。"

昏昏欲睡的年轻人突然抬头。他在拘留室前穿起鞋子，跟随警官们进了审讯室。

又一轮审讯开始了。

法官刚刚释放了雅尼克·加达，他有可能被传唤至法庭。夏洛尔没能找回那块惹事的石头。由于缺乏对方的指纹，指控并不成立。而在他公寓里截获的电脑加密文件仍未使调查有所进展。

中午转瞬即逝。雨果利用午餐休息的间隙跑至埃德尔河①岸边；河水在警局大楼下奔腾不息。

他淋浴后返回部门休息室，一边吞咽午餐，一边重新翻阅诉讼卷宗。显而易见，索雷尔在保持沉默，律师建议他一言不发，静待指控撤销。

一脚踏进办公室，雨果觉出不对劲来。

办公室里的所有电脑均关机了，连那两台刑事案件专用的电脑也不例外。

他试着重启它们，却是枉然。重启不了！

他检查过并非是短路原因，于是换了电插座再次重启，还是没有成功。他冒出一种不祥的预感。他拆开三台"抛锚"的主机机箱，里面冒出一股烧焦的味道。

雨果首先查看最敏感的元件——主板。主板由处理器、芯片和接插件组成。

哦，不……！

所有的东西都被烧毁了。他慢慢起身看着眼前发生的灾难，呆若木鸡。

几分钟后，雷恩司法警局辖区总部接到来自南特的电话。

---

① 埃德尔河是位于法国西部的河流，河口位于南特。

电话里的鲁昂局长惊魂未定。

"露迪维娜,请您冷静。"少将勒·加尔叮嘱道。

很少有事情能让老警察大惊失色。他用了数十年从巴斯蒂亚①一路晋升到巴黎,与重大罪案的博弈早已锻造了他强大的个性。正如多位同行一样,他见识过老一辈的持械抢劫,那些歹徒干起坏事得心应手,但保持着一定的荣誉感,而现今的犯罪分子更加凶险。

他那年轻的同事反复念叨着一句话:"我们被袭击了,被袭击了!"

---

① 巴斯蒂亚位于科西嘉岛东北沿岸,是法国科西嘉大区上科西嘉省的首府。

22

　　部门发布了紧急通知：在新的命令下达之前不得使用电脑产品；所有联网的工具都需断网。唯有未联网的电脑可作为审讯或别的用途的工具使用。但，还有一个问题仍待解决，这些未联网的电脑连接着联网的打印机，亟待找到电缆来将其接到老式打印机上。区域的划分要全部重新设置。

　　自下午起，局长就在办公室里忙于接听各种电话。她下了命令不让人打扰。

　　伊莎贝尔只好自己将大家召来了。

　　雨果怒不可遏："有人弄坏了我的四台电脑，气死我了！做了这件事的人，我要让他没好果子吃。"

　　"我理解你的愤怒，但就目前情况而言，我们要把注意力放在索雷尔身上。你保存文件了吗？"

　　"当然保存了。只是我需要恢复那些硬盘，还要把它们重新接在一台能启动的电脑上。我上哪儿找这样的电脑呢？"

　　伊莎贝尔注视着少校。

　　"克里斯蒂安，你能去别的大队看看吗？我们需要一台可以正常使用的电脑。"

　　"我这就去。"

　　雨果凑到她身边："如果你去审讯那个大学生的话，我一定要来旁听。"

警察将索雷尔从单人拘留室里唤出。这一次,他并未请求律师出席。审讯很快又重新开始了:

"为什么你擅自离开了实习的地方?"

沉默。

"为什么使用一次性电话?"

他面露微笑:"为防止美国佬偷听我的谈话内容啊。"

几分钟后,夏洛尔走进审讯室,他的手里拿着一张纸。

"伊莎,你可以来一下吗?"

她起身看了看年轻人的手铐,便走出审讯室和夏洛尔会合。

他将文件拿给她过目:"大区特别工作组给我们传真了这个男孩的银行流水。我用荧光笔标记了几个可疑之处。上个月,他分四次往账户里存入一万两千欧元。而据银行提供的信息,说这笔钱源自一个对等式网络①平台,该平台提供欧元兑换比特币的业务。"

"什么是比特币?"

"这是一种在网络上购物的虚拟货币。它采用一种无法被机构监管的技术,交易是匿名进行的,也难怪我们能在很多非法交易中碰到用比特币来付款的情形。"

"克里斯蒂安,谢谢你。"

"记住,照旧,不要提及这个消息,更不要附加在诉讼中。"

———————————

① 对等式网络又称点对点技术,是无中心服务器、依靠用户群交换信息的互联网体系。

“我知道了，我们这就回审讯室。我们会等待法官的同意，然后才会审讯索雷尔有关比特币的事宜。”

拘留室里一个接一个的问题像机关枪一样扫射向索雷尔。雨果、伊莎贝尔和克里斯蒂安继续施压。

“你复制了尖端电子通往禁区的钥匙。紧接着你拍下了文件，发给了买主。你甚至还使用了加密短信！”

对方摇头否认。

雨果克制住怒火，他挥了挥手中的材料，将其放到索雷尔眼皮底下。

“你以为删除了自己电脑中的文档，但是你看看，所有的文档都在这里。”

材料在桌子上铺列开来：心脏起搏器 EP21－X34 型号的详细剖面图、电容器的鉴定书、用来监控电压的软件说明书。

夏洛尔指着“企业机密”的盖章戳。

“你只是个实习生，你无权拥有这些材料。首先你会因‘盗窃和破坏信任’而遭到投诉。要知道德国人是不会放过你的，你要相信我。”

大学生轻微地眨了一下眼睛。

夏洛尔靠近他，粗声粗气地说道：“来吧，你在这些纸张下面签字，我们把你交给法官大人处置。”

伊莎贝尔俯身，两手撑在桌面上。她和年轻人之间不过隔了几厘米。

“小子，那你猜猜下文是什么。你系一起双重命案的帮凶。自今晚算起，你就会度过狱中的第一夜了。”

此时的维克多·索雷尔突然啜泣。

他们给他哭泣的时间。

"我……我以为他感兴趣的只有那几张图纸。他想把它们转售出去，并和另一个实验室从中获利……"

他用鼻子吸气。

"……当媒体说到网络袭击，说到远程破坏的心脏起搏器时，我就知道大事不妙了。"

"那谁是你的买主呢？"夏洛尔大发雷霆。

年轻人摇摇头。

"我从未见过他，我们只通过短信交接。最先和我联系的人是他，他说想要鉴定书。报酬也很丰厚。"

"他叫什么？"伊莎贝尔大声问道。

"M4STER SHARK。"

"什么？给一个他妈的假名字就可以了吗？"夏洛尔嚷嚷起来。

伊莎贝尔又说道："那么你的所得是用比特币支付吗？"

"是的。"

"这个 SHARK 还会再和你联系吗？"

"不会了。"

"所以使用一次性电话也是他的主意？"

"是的，我们通话的时候，从不使用相同的号码。"

这下完了，我们的定位追踪就到此为止了。伊莎贝尔心里想。定位一部可能已不再使用的手机有什么用呢？

大家默然无语。

夏洛尔又开始审问："你知道他现在会做什么吗？"

索雷尔低着头，他的双腿因紧张而抖动。

"他会惩罚我，因为我向你们告密了。"

"我们会保护你的。"夏洛尔试探性地说道。

而对方却笑着离开了，笑声里满是惶恐："他什么都知道。我们没法向他隐瞒！"

伊莎贝尔挂断电话。夏洛尔坐在办公桌的另一头。

"意料之中：法官想要即刻见到索雷尔。他要确认索雷尔在贝朗兄弟命案中的同谋身份。今晚，这小子难以入眠了。"

夏洛尔耸耸肩："我们说好了的，我们没有让这小子背信弃义。"

"糟糕的是，"伊莎贝尔下了结论，"黑客总是行踪不定，比特币的交易也无法追踪。我们无法得知他到底藏身何处。"

她用手捂着脸。

"我们一定要弄明白 M4STER SHARK 是怎么破坏雨果的电脑的。"

伊莎贝尔去向露迪维娜·鲁昂汇报情况。可她却看见鲁昂的身旁站着两名穿深色警服的男子。她模糊记得右边的那名男子是勒·加尔少将。他脸色阴沉。鲁昂请伊莎贝尔随她去办公室。

四人碰头了。

她的头儿没有太多权限。显然勒·加尔刚刚已下达了命令。

他冷静地宣布："南特司法警局已成为一场蓄谋已久的网络袭击的目标。我们应当立即采取保护措施。"

伊莎贝尔点头同意。她等待着少将的下文。

"是由您来负责贝朗案件的吧？"

"是的，先生。"

"您怎么看此事？"

她稍微整理了一下自己的思绪。早有耳闻勒·加尔喜欢开门见山。

"目前，我们查到了一名网名为 M4STER SHARK 的黑客；他就住在附近，很快他会有所行动。看见我们没有因他的要挟而屈服，他不会平静以对的。"

少将转向陪同他的另一人，看起来也是同行。

"丹尼尔，我将权力下放给你。"

那位警官身高近两米，前额很宽。一副偌大的塑料黑框眼镜挡住了他的脸。

他向前一步："丹尼尔·盖兰，对内安全大区负责人。上尉，您可以立刻将分局的所有人员都召集到会议室里吗？"

23

会议室刚好容下所有在岗的警员。每个人的脸上都乌云密布。

雷恩来的领导示意大家安静下来。

"我请大家认真倾听盖兰特派员将要说的话。我们何其幸运能在这栋大楼里和他并肩作战。他的判断对我们而言是极为重要的。"

话音刚落，他的同事就拿起放到会议室正中央的一个纸箱。

"为了防止此次会议内容泄露，我要求你们所有人将手机放进纸箱，无论是你们的工作电话还是私人电话都要放进去。我们会把纸箱放到会议室外面……"

他察觉到团队中的怀疑情绪。

"……很容易将一部不设防的智能手机变成间谍手机；我要对大家所说的话一定不能外传。事关你们每一个人的安全。"

几分钟后，盖兰站到了南特警局男女警员围成的圆圈中。

"你们知道对内安全总局的目标吗？"

有人点点头。

一名穿 T 恤衫和皮夹克的小伙子说话了："围捕恐怖

分子。"

"的确，但不仅仅如此。对内安全总局以保护国家基本利益为己任，并由此打击网络威胁。而这正是各位目前面临的问题。刚刚袭击你们的那些人，其目的并非索要金钱，他们不过是想让命案的调查搁浅。他们擅长于此并且当机立断……"

盖兰略作停顿。

"……袭击司法警局也就意味着瞄准国家兴风作浪。事关我们所有人。有人向我们宣战了。假如我们启动一个无懈可击的安全计划，那么我们必然赢得胜利。"

"我们将会分阶段进行。"勒·加尔说道。

他的同事盖兰接着往下说："我们确定被袭击的电脑有四十多台。必须切断和被感染电脑连在一起的物件：U盘、硬盘、电子烟等。它们需要电脑来充电或读取。不要忘记你们的私人手机：它们与无线网络连接，正因如此，它们也是易受攻击的目标。"

盖兰扫视会议室："一些隐形且不怀好意的程序感染了这个部门，必须立刻阻断。我已向内务部申请了技术援助。我们在等待回应的同时，要重建信息系统架构。"

勒·加尔再次对全体出席人员重申："从现在起，所有人须严格遵守行为规范：每一个部门需询问并报告外来人员；不要打开电子邮件中的可疑附件；只能用办公室里的分机电话来交流。警局之外，请你们优先使用无线电系统。我提醒大家，这是一个异常强大的数字加密无线电网络。请大家只使用这个网络。"

开会的时候，露迪维娜·鲁昂始终待在角落里，双臂交叉抱在胸前。

等会议室的人走完后，盖兰找到雨果来问话："是由您来负责信息侦查吗？"

"是的，先生。"

"让我看看那些被烧毁的电脑。"

他从技术部的房间里拿出那些遭到袭击的主板和元件。

"您对此有何解释？"

"这不是病毒可以做到的。不管怎么说，这几台电脑并未联网。"

"所以呢？"

"这可能是一种物理袭击。有人在我的电脑上接了某种东西，于是这玩意儿便在电脑上放出强电流。"

露迪维娜觉得这个解释很合理，她说道："如果没有门禁，没人可以进入部门里，这可是安全门啊。"

"你们没有安装摄像头吗？"

"当然装了，"雨果接着说道，"可是袭击发生在午休时间，也就是说大概介于十二点十分和十三点四十分之间。我看过录像机的终端，但是……"

"但是什么？"盖兰追问。

"有人已将该时段的视频删除了。"

"您现在才说！"露迪维娜怒不可遏。

"可我还要管拘留室、这里和其他地方啊！"

盖兰转向他的同事们："很好，现在清楚了！我们当中有一名黑客警察。"

24

　　露迪维娜办公室里的所有电脑均被关闭、切断电源并统一放到一张桌子上等待鉴定,年轻局长试着恢复话语权。她对面的盖兰和勒·加尔正弯腰查看人员名单。

　　"这是今天所有在岗的人员名单。"她说道,"其他人员有的放假,有的出差了。"

　　二十来个名字映入眼帘。

　　"这周值班的是谁?"来自雷恩的上司问道。

　　露迪维娜去查看她的文件夹。

　　"让-米歇尔·梅蒂维耶。"

　　"这位先生目前在哪?"盖兰生硬地问道。

　　她得去打听一下。

　　她脸色苍白地回到办公室里。

　　"白天他找人替班了……"她不知所云。

　　"那么上午结束之际他还在岗吗?"

　　"这很容易得知。我们看到他的胸卡最后一次激活是去往B区,而那里正是雨果·埃塞尔维亚的电脑室。"

　　说完这番话,她马上给总部去了电话。两分钟后得到反馈。

　　"他于十二点半进入。"

"何时离开的？"

她迅速想了一下。

"出去无需激活胸卡，但如果他是从前台离开大楼的话，那么监控大门出入的摄像头会有记录的。"

所有人都涌向警局大楼的录像监控室里。

露迪维娜叫人重放了自十二点四十分以后的视频，她认出了让-米歇尔·梅蒂维耶的身影。他行色匆匆。

"他进入B区和匆忙离开大楼的时间刚好差十分钟。"

"这足以破坏三台电脑吗？"勒·加尔问道。

几分钟后这个问题传达给了雨果·埃塞尔维亚。他肯定地说道："这时间足以让我的几台电脑电压过载。"

"我们需要立刻听听让-米歇尔·梅蒂维耶本人的说辞。"勒·加尔说道。

"我派一队人马去他家找他。"露迪维娜说，"在此期间，我们要检查他的办公室。"

雨果接着说道："梅蒂维耶的房子位于闹市中心。他乘公交车上班。如果我是他的话，会即刻清理完那些破坏电脑的东西。"

"可他为什么要这样做？我的天啊！"露迪维娜大喊。

"他会告诉我们个中缘由的。"盖兰说道，"与此同时，我建议你们通报国家警察监察总局。"

露迪维娜下达命令让人仔细检查让-米歇尔·梅蒂维耶的办公室。

"别打开任何设备，"勒·加尔提醒道，"我们无法预测危险。"

露迪维娜对伊莎贝尔说："集合一支十来个人的队伍，搜寻警局大楼四周。梅蒂维耶可能在附近扔了什么东西。但凡可疑物体，都要收集起来！"

很快，几名便衣警察检查了附近道路上的垃圾桶。包括亨利·巴比塞码头、德赛克斯大街和瓦尔德克·卢梭广场。

若要乘坐有轨电车，必须经过拉莫特将军大桥。

伊莎贝尔朝埃德尔河看了一眼。

如果他朝水里扔东西，东西随水流漂走，我们永远都找不到了。

同事涌进一幢充作购票窗口及候船大厅之用的大楼。大楼里停驻的是那些想观光游览河流的旅客。一辆满载退休人员的旅游大巴刚刚驶入旁边的停车场。

雨果混入观光客中，他停在每一个垃圾桶前并伸手进去刨东西。他有先见之明地戴上了外科手套。他戴上这种手套现身的时候，通常是在犯罪现场。

"老年人群"不以为然地看着他。他决定去会会他们。

"你们看见一个神色匆匆的男子扔了什么奇怪的玩意儿吗？"

有位老太太回应：她的确看见有人在卫生间旁扔了东西。

雨果二话不说就走到另一个垃圾桶旁，将里面的东西全部倒出。

他蹲在垃圾堆中刨拣着，手里终于捏到了东西。

他检查完碎片后就将其包好在翻脱下的手套里，即刻返回警局大楼。

25

　　伊莎贝尔和夏洛尔少校在雨果的"车间"与他碰头。他们看见损坏的电脑又被重新拿出来。

　　"调查结束了，你有什么新进展吗？"伊莎贝尔问道。

　　"确认之前，我想先在网上验证某样东西。现在，已经没有任何悬念了。"

　　"我觉得在新命令下达之前，我们都不要再联网了。"夏洛尔满腹牢骚。

　　"这是我的私人电脑，我插了一个 4G 的 VPNU 盘，连接很安全，你们别担心。"

　　他弯腰查看刚刚重新组装好的电脑。

　　"这是我在离警局大楼两百米的建筑物内的垃圾桶底找到的东西。"

　　"是 U 盘吗？"另外两人罕见地异口同声。

　　"不仅仅是个 U 盘……"

　　他把放大镜拿给他们。

　　"……表面看来，这是一只普通 U 盘，用来连接电脑以保存资料。可如果你们仔细看看它的内里，就会发现这个 U 盘不仅可以闪存，而且还是一个非比寻常的电容器组件。"

　　"是用来做什么的？"伊莎贝尔问道。

"用来释放电流！这个小小的玩意儿叫做'U 盘杀手'，是一名俄罗斯黑客发明的，那人已在油管网站上上传过演示其功能的视频。人们只需将这种 U 盘连接到 USB 接口上，它瞬间就会充满电流，并释放出所有积累的能量，足以玩死电脑。"

"能造出这种东西的人一定聪明绝顶。你们谁看见梅蒂维耶弄过这个？他甚至连密码都想不起来。"

雨果摇摇头："我刚刚发现这些下流的玩意儿可以在网上自由买卖，价格还不到五十欧元。它们产自一家香港公司。"

"接下来要做的是排查出 U 盘和我们同事之间的联系了。"伊莎贝尔提议，"你发现指纹了吗？"

雨果先是摇头，继而惊呼："妈的，在那群老年人中有一个证人。这个时间点，老人们应该上了埃德尔河的游船了。"

伊莎贝尔面露微笑："我们去电港务监督长办公室，便可得知游船几点返回。从现在起，你只需准备好传唤证人即可。只要证人一上岸，你就把传唤文件交到游船负责人手上就行。"

"这事好办。但你们要听听最有意思的部分：我用放大镜检查这个奇怪的电子产品时，发现在两个电容器间有一根毛发。我用棉签将其取出，以便提取 DNA。其实我更喜欢'成分丰富'的痕迹，比如唾液、精液或血液，但它们很难出现在 U 盘上，所以眼下的证据也很有用。"

他向两位同事展示手里的聚丙烯试管。

夏洛尔挠挠下巴。

"很有想法。假如是梅蒂维耶购买了 U 盘，那么毛发或许是重装 U 盘的人落下的。但愿不是地球另一端某个人的毛发。否则我们的调查将会停滞不前了。"

"我们在网上查到形形色色款式的 U 盘杀手，但没有一款和它相似，"雨果说道，"我感觉这一款是改装版。"

伊莎贝尔起身。

"我去征询一下盖兰特派员的意见。"

她正要出去，夏洛尔突然抓住她的手臂："伊莎，你想过露迪维娜的感受没有？她经历了这么可怕的局面，我们的一点点关爱会给她带来安慰的。既然是我们找出 U 盘的，那么就利用这一点争取一下主动权。司法警局不能示弱。诚然，对内安全总局在其专属领域的实力不容小觑。我们虽遭遇了网络袭击，可我们知道那个发动攻击的家伙就藏身附近。他也不过和普通人一样吃喝拉撒而已。我们完全可以凭一己之力将其拿下。"

"他偶尔会刮刮胡子。"她看着提取物笑了，"你说得对。我要借此机会请求盖兰特派员，让位于埃屈利①的法国国家警察科学研究所为我们提供 DNA 检测支持。"

"假如毛发的 DNA 与基因库中的某一遗传信息相符，那么我们的黑客就要惹祸上身了。"夏洛尔下了结论。

---

① 小镇名，位于里昂郊区。

26

　　梅蒂维耶和家人住在闹市区金合欢路上的一幢豪宅里。上级的命令是悄悄逮捕他，不要弄得满城风雨。他们倒是不太担心他妻子的反应，因为众人皆知她和警长的夫妻关系历来紧张。他们担心的反而是作为身经百战的律师的她所持有的好奇心。她在律师这一行里可是翘楚。

　　无巧不成书。梅蒂维耶在下午快五点时走出家门。在街道尽头的面包店前，他遇到了两位站在人行道上等待他的同事。他们无需多言，因为梅蒂维耶的脸上写着"明白"二字。

　　一位同事说："你得跟我们回去一趟。"

　　另一人则指着梅蒂维耶的长棍面包说道："你的孩子吃奶酪时会喜欢面包干的。"

　　警察一路无语。他紧盯着车外的行人；而在分局的过道里，同事们却都低头走过，不愿直视他。

　　同事将他带至局长办公室，里面还坐着勒·加尔和盖兰。露迪维娜打起精神。她管理着整个部门，梅蒂维耶犯事，她也难脱干系。

　　她突然想到：先前，他主动要求熟悉贝朗兄弟的命案；参与每一次审讯，这也许绝非偶然。

　　整个过程都让人觉得极不舒服。

接手的第一个案子，你却搞成了这样……

她开口了："您好，让-米歇尔。请坐。"

他麻木地走到椅子前坐下。

"您让我们很为难。"

他小声嘟哝，不知道说了什么。

"我听不见您说的话。"

"是的，我让你们难堪了。"

"您的良知呢？"勒·加尔厉声问道。

梅蒂维耶的双手颤抖了。

"为什么要毁掉您的同事雨果·埃塞尔维亚的电脑？"局长问道。

他定定地看着地面，一言不发。

"听着，让-米歇尔，您是一名经验丰富的老警察，所以我就有话直说了。我们已通知检察院，他们已将您列入调查对象。我还能说什么呢？铁证如山，您的罪行不可饶恕。您唯一能做的是向我们坦白一切。"

勒·加尔继续说道："如果您愿意配合，那么调查将会顺利进行，我也向您保证，我们会对您从宽处理。"

梅蒂维耶抬头说道："我……我被人设了陷阱。"

露迪维娜靠近他："被谁呢？"

"我不认识此人。"

他如鲠在喉。

"我注册过一个交友网站，可以在上面和已婚妇女以及小白脸发生艳遇。几天前，有人联系我了。我需要释放压力，需要偶尔呼吸一下……我的婚姻糟糕透顶。"

他周围的人均陷入沉默。没有人想打断他。

他后面的交待已无足轻重，但梅蒂维耶还是和盘托出了："我太太不再喜欢我碰她，这种局面快持续两年了……"

他笑了，笑里藏着些许倨傲。他接着说道："……身为妻子的人怎能让丈夫承受这样的痛苦？你们呢？你们也会这样吗？让我告诉您：这样的妻子就是婊子，就是妓女。我想她一定是在那些总是很晚结束的政治集会上遇见了某人。"

椅子下他的双脚先是盘着，后来又恢复如常了。

勒·加尔温和地说道："这对谁来说都不容易，您并非第一个吃螃蟹的人。可我们，我们想听听下文。到底发生了什么？"

梅蒂维耶重回事件主线："我注册后不久，一名女子便和我联系上了。我们很快互生好感。然后，顺理成章地，她开始撩我了。"

"您在摄像头前脱衣服了吗？"勒·加尔问道。

"脱了。"

"后来呢？"

"我们交换了邮件地址。"

"她叫什么？"

梅蒂维耶抱头痛哭。

勒·加尔拿起电话为他点了一杯咖啡。他们让他哭了一会儿。片刻之后盖兰发话了："梅蒂维耶，她叫什么？"

"她不存在，我想说的是她不是真的和我面对面的交流。我看到的视频其实来自某个色情网站，我也是后来才发现的。"

"有人借此勒索过您吗？"露迪维娜问道。

"有人往我的邮箱里发了一段视频：是我正在……"

沉默过后，他含混不清地说着："……手淫。假如我不执行命令……那么这段视频将会上传至各大网站。"

　　"所以命令是摧毁电脑？"

　　"是的。"

　　"您什么时候收到命令的？"

　　"昨天晚上。"

　　"您还存有这条'指令'吗？"

　　他摇头否认。

　　"我是从 Skype① 上接收到的指令，这个人一直躲在暗处。我想他用了一个可以变声的程序。"

　　盖兰起身，陷入沉思。

　　"操纵您的那个人，怎会知道您是警察呢？"

　　这个问题切中了梅蒂维耶的要害。他沉默不语。

　　露迪维娜好像想到了什么，她作出解释："您是用工作邮箱来登录网站的吗？"

　　"从办公室的电脑上登录进去的！"勒·加尔抓狂地喊道。

　　梅蒂维耶不敢作答。

　　"真是精彩绝伦啊！"

　　思索片刻后，她抬头望向领导。她知道他会采取下一个步骤："让-米歇尔·梅蒂维耶，如果您今天所言属实，那么您的行为已经妨碍了正在进行的司法调查。作为一名警员，您犯了很严重的错误。所以，我不得不宣布：您需要暂时停职以儆效尤。"

---

　　① 一款通信应用软件。

梅蒂维耶无话可说。

"请您起立。"

他照做。

"请您交出武器、工作证和进入警局分局的胸卡。"

他依依不舍地将西格绍尔①手枪放到办公桌上。

"您会见到夏洛尔少校，由他来记录您的声明。往后，我不想在这里看到您了。回您的家里去，并请随时配合我们调查。"

警长正要离开的时候，盖兰问话了："您是在哪儿找到这个见鬼的 U 盘的？"

回答之前，他吞咽了一下口水："在一座废弃的铸造厂里，它藏在一台电脑后。"

"在南特吗？"

他点头默认。

"我必须准时取到它，但无人与我接应。"

"那么您在取到 U 盘前，接过谁的电话吗？"盖兰问道。

"没有。头天晚上一切已在 Skype 上安排好了。"

---

① 德国的一家枪械生产商。

27

让-米歇尔·梅蒂维耶一离开，盖兰就被警察局长叫去了。露迪维娜只好独自面对雷恩来的上司。勒·加尔和颜悦色地看着她。

"您一开始就做得很好，尽忠职守。"

她一只手捂住脸庞："我太紧张了……！"

"胜任部门领导远非易事，您要独自承担责任，还要杀伐果断。昨天您身陷困境，您得让属下第一时间就感受到您还在掌控大局。以此为戒，我想从今往后大家都明白领导的不易了。"

她勉强挤出一丝苦笑。

"我绝不会把这个位置交还给南特司法警局的。"

她的目光炯炯有神。

勒·加尔略作迟疑后朝她走去。他的一只手用力按住年轻女子的肩膀。

"您当然需要释放压力。"

他看见办公桌上放了一包纸巾，便把纸巾递给她。

她擦擦眼角。

"现在我得动身去雷恩了。"

"好的。"

"案情调查终于步入正轨。可是，露迪维娜，您还是要谨慎起见。"

　　"遵命，领导。"

28

晚上快到八点的时候，伊莎贝尔将车子停放在位于儒安元帅大道的综合大楼的停车场内。她第一次去盒子空间。这是一家荷兰集团，专注于安保领域，子公司遍布欧洲各国。南特的这家分公司是大区内最大的一家。而该公司出租的迷你仓就在鳞次栉比层层堆叠的大立方体内。在综合大楼范围内，人们可以通过天桥进入各层储物仓。

伊莎贝尔朝前台走去，此时天色已暗。监控停车区域的摄像头昼夜转动着，光线强烈的聚光灯把此处照亮得如同白天一般。她手里紧紧攥着公证人交给她的钥匙。前台无人值班，这个地方死气沉沉；她想起了那些无人问津、阴森恐怖的连锁酒店，夜幕降临后，那种孤独能让人窒息。

暗哑无声。金属走道，蓝绿色的仓门。里面共有五百个一模一样的迷你仓。而要找到她的那个迷你仓得花点时间。

妈妈会在这里存放什么东西呢？生病之后的她就没来过这里吧？几年的光阴匆匆而逝。她的储物癖……

用钥匙开锁。这是迷你仓经理的提示，她想起来了。头天晚上，他在电话里告知她："只能从外面关闭迷你仓。假如密码在三十分钟后还未被激活，警报声就会响起。"

迷你仓打开了，她发现所有物件都被收拾得井井有条，无懈可击。叠放的箱子、排齐的纸盒……角落处安放的落地钟是父亲的,它承载着一个家庭的记忆。钟摆单调的滴答声唤醒了她的童年。好多年来她都不曾听到过这种声音了。

要从哪里开始呢?

公证人曾提醒过她委托一家公司来清空所有物件,可伊莎贝尔情愿亲力亲为。

无需匆忙慌乱,你还有两年的时间哪!

她从一个大行李箱开始找起,小心翼翼地打开,她觉得自己又变成了那个翻找百宝箱的小女孩。这个箱子承载着父亲的人生。上个世纪的旧报纸写着:戴高乐的辞世,人类登上月球的第一步,阿尔及利亚惨遭杀戮的本地军,还有玛丽莲·梦露的离世。在这个大大的文件夹里装满了父亲收集的各类媒体文章。

她的心被拧紧了。往事一幕幕袭来。

刚满十六岁那年,她从夏令营回来。母亲一个人在公交车站等她,站在其他人的父母身旁,她显得那样孤独。伊莎贝尔晒得黝黑,她的心里藏着初恋的心事。然而,在看到母亲满是皱纹的脸庞那一刹那,她才明白人生里最坏的事情是惶恐不安。

“你父亲和我,我们要离婚了。”她一边说着,一边发动了汽车,“我们上周决定了,就这样吧……”

坐在后排的伊莎贝尔沉默不语。悲伤让她无法言说。

“我还会再看到爸爸吗?”

母亲耸耸肩。

“当然会的,你知道他很爱你。”

和母亲离婚后,亨利应聘了某个日本品牌的汽车零件销售商的职位。但他得搬到里昂，而且忙得不可开交。最终，他成功收购了一家专营店并自己做了老板。数月后，伊莎贝尔高中毕业，继而在法学院求学。放假的时候，她就去陪伴父亲，她发现父亲已经老了，而且始终闷闷不乐。后来她通过了警察的选拔考试，并两次被委以重任。她最终如愿以偿：成为了巴黎警察局刑侦队的一员。

她拿出一本影集。封面背后，是父亲隽秀洒脱的题词：致我亲爱的女儿，伊莎贝尔。

父亲孤独终老，死于圣约翰小区的房子里。消防员发现他的时候，他躺在床上，早已撒手人寰。那年他刚满六十八岁。

后来她去里昂旅行，只为看看他曾生活过的地方。亨利退休后就开始沉溺于他年轻时代的梦想：做一名司法专栏的记者。法官同意他旁听法院的开庭审理。他擅长叙述花边新闻并因此收获稿酬……他有自己的写作风格，那些被命运击碎的人物是他的创作灵感。他撰写的文章都被保存在伊莎贝尔正紧紧抱在怀中的纪念册里。

你是个了不起的作者！她在心里说道。

她走出迷你仓，再次输入密码。

每一次翻找都让她无法释怀。比如这几样玩具：铅制的士兵、弹弓、小骨……还有祖父留下的东西……祖父曾醉心于摩托车比赛，他的头盔、边框皮面已龟裂的眼镜，以及一个装满奖章的盒子。

慢慢翻找吧，否则你会哭成个泪人儿。

半小时后，她抱着父亲的影集出来。她关上了汽车后备厢，环顾四周，突然注意到一个一直以来被自己忽略掉的细节。

旁边原来矗立着一座废弃工厂，她常常与之擦肩而过。伊莎贝尔将车子停在工厂旁。工厂的入口处挂着一块被铁锈腐蚀了的牌子：

费尔南德父子铸造厂

始于 1894 年

她点点头。

梅蒂维耶正是在此地的某处取走那个"毁灭性"U盘的。

从前的工厂沦落为荒地。铁丝网仿若洞开的嘴巴，而地图上的此处不过是南特的一个地下聚点而已。

伊莎贝尔从车里拿出手电筒。

既然你在，那么我就来会会你。

她多希望梅蒂维耶此刻也在身旁，但国家警察监察总局准备要审讯他了。

她的同事在最近一次的审讯记录里明确指出：一个"无人察觉的邮箱"藏身于一只旧的气压表里。其实就是一个装在工厂主要办公场所内带有凹槽的赭色机器。而U盘就藏在"指针脱落的刻度盘"后面。

她在一间宽敞的房间旁停下脚步。天花板上，巨大的玻璃灯罩破裂了，碎片撒满了地面。手电筒的光束射得碎片也闪闪发亮。

伊莎贝尔走进工厂大厅，脚下的玻璃碎片嘎吱作响。

你到底在找寻什么？

她并不知道答案。带着刻度盘的机器就在那里，上面盖着一块满是灰尘的布料。

她觉得自己已然找到了那个传说中的藏物点。她用手电筒照着里面，然后戴上手套翻找。

然而里面一无所有。

正要离开之际，她发现了一个奇怪的绘有炸弹的记号。

这是一个神秘记号吗？

她本能地用手机拍下记号。正欲将手机装进口袋时，她警觉地听到了异常的声响。她仔细聆听。窸窸窣窣的声音正从某处传来。

原来她并非此地的唯一访客。

29

小卡车停在远离主路的小巷里。一名男子一窜出巷子就立刻戴上风帽。他小心地避开小区电子监控系统的摄像头。他不喜欢这些难以搞定的破玩意儿。

几分钟后他走进一间漆黑狭长的屋子。

"你好，亲爱的。"

黑暗中突现一个稚气的声音："你好，爸爸。"

他开灯。屋子的角落里放着旧床垫、剩菜剩饭、几瓶水和一些毛绒玩具。

"今天早上你过得还好吗？"小姑娘问道。

他咳嗽。

"还不错。"

屋子正中的餐桌上是一个连接着主机的宽大显示屏。

男子依然戴着露指手套，说话的时候，他的嘴里冒出雾气。

"我要工作了，我们一会儿再聊。"

女孩没有作答。

显示器上打开一个窗口：黑色的背景上密密麻麻地布满了一行行暗绿色的源代码。

他又在 Windows 操作系统中打开电话簿，里面保存了二十来个电话号码。其中一个电话号码让他兴趣盎然，他决定远程激活此号码，于是他调节参数，直至录音机功能出现。

一行问句显现：

您要打开录音机吗？

当然，可是要确保电话屏幕不会亮起。可以了……

他调大音量。

一阵刺耳的窸窣声传来，电话应是被装进了口袋。好几个人在说话，有个女人的声音。气氛好像很紧张。几声巨响。

笨蛋，你不烦那些同事吗？

他戴上耳机集中精神去聆听声音。几分钟后，他已对目前的局势了若指掌。

可怜的糊涂虫，你在自己吓唬自己呢。

他一动不动地盯着屏幕。

你知道要付出代价的……

他关闭了窗口，随后将电脑联上了网，他使用了某个可以将 IP 地址匿名并且更改电脑地理位置的软件。

男子登录了某个网址，里面有很多直播视频，而且用户已达上亿人。他下载了其中一个三分钟的视频并将其命名为："南特一名警察在摄像头前手淫。"他在视频下方添加了一串方便网友搜索的关键词。其中一个关键词被他设置为人名"让-菲利普·梅蒂维耶"。这一番操作结束前，他又往该警察的孩子们的脸书账号里发送了一个链接，同时在法律专业人士的社交网络平台上也发了一个，而在该平台上就有警察妻子的专属页面。

一切准备就绪，男子毫不犹豫地点击了确认键。

视频上传至网上。上一次他上传的视频被二十五万人浏览过。这一次也不例外。

男子起身朝电灯开关走去。

"我们下次再聊，爸爸还有事。"

他熄灯、锁门。屋内孩子的声音也随之消失了。

30

手枪在握的伊莎贝尔躲在铸造厂的某个角落里。

脚步声越来越近。一个身影突现工厂入口。

"伊莎贝尔?"

她收起手枪,一脸狼狈。

"热罗姆,你怎么到这里来了?"

"我还想问你呢!我从博物馆那边过来,看见你的车停在附近。我以为你的车抛锚了呢。"

她笑了,同时用食指指着一面墙。

"你是研究儒勒·凡尔纳和难解之谜的专家,这个图案会让你想起什么吗?"

他抬头看图。

"两个背靠背的半圆形?我从未见过。这是盗窃集团或者什么秘密组织杜撰出来的玩意儿吗?"

她耸耸肩。

"咱们走吧,这个地方让我浑身起鸡皮疙瘩。"

第二天伊莎贝尔在刑侦队找来了雨果·埃塞尔维亚。

"你可以就这个玩意儿给我点提示吗?"

她给他看在铸造厂拍到的照片。对方很快就回应了:"免费上网标记①。"

她瞪大眼睛：“能翻译一下吗，爱因斯坦？”

“这是一个图画暗号，借鉴了‘流浪汉’使用过的暗号。而流浪汉说的是二十世纪上半叶，那些在美国从一座城市迁移到另一座城市、居无定所的人们。一开始，这只是一个粉笔记号，用来提醒背包客即将进入安全或危险地带。到了今天，它被用来指代免费开放的无线互联网区域。懂行的人沿街散步时带上天线和‘嗅探’软件，发现无线信号的话，就用粉笔把暗号画在墙上或直接画在地面上。行家只要一见到这个暗号就明白他们可以直接上网了。当然，前提是他们得有智能手机或手提电脑。”

“所以，铸造厂可能是联网的门户？”

“是的，但网络覆盖范围可能不止于此。也许整座城市都被纳入了一个可以任意使用的网络中。通常，公共空间会提供上网服务。比如：露天咖啡座、机场或者图书馆。”

“那么这个发现能推进我们的调查吗？”

雨果挠挠下巴上的胡须。

“开放的无线网络可是黑客梦寐以求的用武之地。他们利用公共网络，并对自己的连接加密，然后就可以进行大量的非法交易。”

伊莎贝尔突然想到了什么，大声喊叫起来：“我们的黑客熟悉那个角落，他就藏身在离贝朗兄弟不远的地方，所以他可以在他们的起搏器里导入恶意软件。等等，我找张南特的地图！”

她用回形针指了孪生兄弟的家庭住址后又指着铸造厂。

---

① 外文名为 warchalking。

"距离很近！"雨果嚷嚷道。

"不到一公里的距离。"

他们看着地图陷入沉默。

此时鲁昂局长进来了："你们在做什么？"

伊莎贝尔抬起头，用食指指着一个三角形区域："黑客就藏在这里。"

31

　　是日早上，蒂索局长在法国国家警察科学研究所总部召集了全体生物部的技术人员。咖啡壶咕噜咕噜地响着，让人感觉安心。会议气氛异常轻松活跃。召开这个会议的目的，是要对正在进行的调查分析开一个通气会。头天晚上，装有四十二个封印袋的十七份卷宗已经摊在他们的办公桌上。显然，情况紧急。

　　"我们得从三起命案开始，"老大发话了，"3555，3123和4863。"

　　"那5141呢？"一位专家问道，"负责此案的同事一周前就打电话过来询问了……"

　　蒂索匆匆看了一眼表格，略作沉思后说道："还有南特的命案，非比寻常哪！今天谁来负责这个案件？"

　　一位技术人员举手。

　　"那就我来吧！"

　　一个小时后，技术人员施普林格重新套上他那套乏味无趣的连体服，钻进白色大厅。他打开一个配有条形码、装着从U盘上提取到毛发的小袋子。他将DNA的检测交付给了机器人，后者先是提取毛发，继而将其放进一个装满溶液的机箱里。这套装置可以同时研究九十六个样本。在另一个实验室内，DNA 的母本正在经受着被称为"聚合酶链式反应"的基因扩增。它会成千上万倍放大毛发的基因片段，结果显示浓度达标，可以用来进行基因鉴定。扩增后的基因片段接着通过电泳技术进行分离分析。

不一会儿后，施普林格将结果交由一名负责操作国家DNA 数据库的工程师。数据库里已有近三百万人的遗传基因信息。

"结果如何？"技师问道。

同事眯眼看着电脑屏幕。

"我想你可以把蒂索叫来了，我们有新线索了！"

当天晚上，伊莎贝尔坐在自家厨房里整理着纸盒中的老照片。她是从母亲租赁的迷你仓里将它们取出的。

她翻看着这些照片，那些与母亲有关的逝去往事又涌上心头。看到雷泽家中客厅里的三轮脚踏车时，她面露笑容。另一张照片是她从戛纳-埃居勒斯国家高级警官学校毕业的留念照。照片摄于 2002 年，那一年父亲已经辞世。如果他还健在，一定会以女儿为荣。毕业的那天晚上，在她将永远搬离的房间内，她凝视着自己的学生证，泪如泉涌。

现在她一页页翻着的这本纪念册可以说是里昂高等法院的司法编年史：这是一扇打开社会底层世界的窗口。她匆匆阅读了几篇文章后抬起头来。这本纪念册是母亲在她调动到南特工作以后才交由她保管的。为什么这么晚？伊莎贝尔时时问自己这个问题。在亨利居住过的圣约翰小区的 T2 套房里，没几件值钱的东西。他离世后，公证员将几个包裹寄去母亲的家里。

其中一个纸箱是留给伊莎贝尔的，里面就有父亲的这本纪念册。母亲决意收起它，所以伊莎贝尔在数年的光阴里对此一无所知。她是在很偶然的情况下才发现了这本纪念册，而当时母亲已经出现了阿尔兹海默病的症状。

妈妈，你为什么要藏起这些秘密？

她只知道父亲和母亲虽然分开很长时间，却依然彼此记恨。他们谁都没有再婚，现在他们心怀怨愤地双双离世，如此可悲。

伊莎贝尔起身，用袖口拭去泪水。

32

　　她希望夏洛尔少校陪她去梅蒂维耶家，于是他充当她的司机。他们将车子停在梅蒂维耶家前。一小时前，法官要求他们把梅蒂维耶找来。至于检察院那边的工作也在紧锣密鼓地进行着，同事的余生极有可能会在牢里度过。

　　她注视着高档房屋的正面。

　　要买这样一幢房子，得付多少钱呢？一百万够吗？

　　她想起在一本颇具影响力的周刊上曾拜读过一篇专访梅蒂维耶岳父的文章。此人不仅靠农产品加工发家致富，而且在政界混得如鱼得水。她从梅蒂维耶那里得知，其岳父来自一个布列塔尼家庭，性格专横，又沉默寡言。梅蒂维耶曾对她吐露心声：这位显贵从不理解也不接受他那如此优秀的女儿竟会爱上一个平凡的小警察的事实。如此不般配的婚姻使他蒙羞，而他女婿也在数年的光景里忍受着身心煎熬。

　　伊莎贝尔想起梅蒂维耶的悲惨经历。若不是如此，他根本不会去网上寻找一丝慰藉，当然也绝不会落入黑客的魔掌。

　　他们走到台阶旁。她看见梅蒂维耶站在四楼的一扇窗后。他正用困兽一样的神情凝视着他们。

　　伊莎贝尔如鲠在喉。

她得违心去完成一个她不想接手的任务。

就在她刚要按响门铃的一刹那，夏洛尔将她一把拽开。他们滚到地上。与此同时，有什么东西砸向了地面。

等伊莎贝尔能站立起来的时候，她看见了梅蒂维耶的尸体，脸贴着地面。她呆若木鸡，片刻之后，她才注意到他的血溅了自己一身。

她大叫起来，声音里满是惊悚。

露迪维娜赶来现场的时候，消防队员已经到达了。夏洛尔表情凝重地看了她一眼。他这大笨熊连走路也跌跌撞撞了。

副局长瞥了一眼尸首。

"真可怕啊！"

"我们正准备进去的时候，他就从四楼跳下来了。"

众人沉默无语。

"通知他家人了吗？"

"他妻子正在法院做辩护。我给律师公会会长去了电话，由他亲自去通知她；我想他们正在赶回来的路上。还有他的孩子们，他们还在上课。我不知道他们在哪个中学上课。"

露迪维娜摇摇头，她的声音是那么苍白无力："让他停职的时候，我可能太粗暴了。我真没有想到后果会如此严重。"

"梅蒂维耶是一个守口如瓶的人。部门里没有谁能准确描述出他的性格。他早已伤痕累累……"

"伊莎贝尔呢，她在哪里？"

"她受到惊吓躲去车里了。他坠落的瞬间险些压到她，他俩几乎要撞上了。"

雨果·埃塞尔维亚穿着印有 PTS① 的灰色袍子，走出发生悲剧的宅邸。

"我想给你们看样东西，我们去上面吧。"

位于四楼的主人书房极其奢华。一扇英伦风的窗户敞开着。

书桌上的电脑还在运行。

雨果戴上手套。

"他没有锁屏，所以我看了一眼。梅蒂维耶自杀之前，上过一个在线视频的共享网站。这是他看过的最后一个视频……"

几秒钟后，露迪维娜请求他不要继续。

"我想到了视频的负面影响。"她喃喃低语，"在警校的时候，心理专家曾和我们说起过这种类型的侵袭。他将其命名为'色情复仇'，指的是：被女友拒绝后，心理承受力很差的男友想要报复，便会在最容易操作的网站上上传其前女友的照片或视频。"

"看看这些数字！"雨果说完指着因特网上的浏览次数：2 780。

"我想，这只是悲剧的开始。"夏洛尔说道。

雨果递给他们一个装着一部一次性手机的塑料袋。

"手机还有电，我给你们看看他接收到的最后一条短信。"

句子不长：**你现在出名了。**

---

① 法国警察科学技术中心法语为 La Police Technique et Scientifique，其缩写为 PTS。

他们不知该说什么。

"是那个 M4STER SHARK 发起的攻击吗？"鲁昂问道。

"好像就是他。"夏洛尔答道。

于是她沉重地看着他说道："去把伊莎贝尔找来，让她尽快振作起来，我们需要她。你们得阻止这个无赖，他正用这些下作手段去害人。"

夏洛尔点点头："我不知道与我们交锋的那个人是谁，但我能确定的一点是：他刚刚犯了第一个错误。"

"什么错误？"

"他袭击了司法警局。"

他们都同意他的观点。

"这恰好是我们的优势。"她总结道，"少校，我们还剩下几天时间，那么大家就鼓足干劲查案吧。我会尽可能地在人力和物力上支持你们。"

他苦笑。

"这是一次荣誉之战？"

"你想叫什么就叫什么吧，但是给我把那个蠢货彻底灭了。"

伊莎贝尔坐在副驾驶的位置上一直看着街道。夏洛尔上车后关了身后的车门："我从未见过这样的鲁昂，她准备好要迎难而上了。"

伊莎贝尔一言不发。

"为了挽回梅蒂维耶的名誉，她要我们将这个 M4STER SHARK 绳之以法。她还请求对内安全总局提供技术援助。"

她看着他却什么也说不出口。她依然惊魂未定。

他怜惜地握住她的手。

"我想告诉你的是：这个蠢货自以为躲在他那台破电脑后面就能掌控一切，可我们一定会抓住他的。类似的罪犯我们以前不也抓到了吗？"

她抬起头望着他。他对她笑了笑。

"你知道司法警局的方法就是：追踪嫌疑人行踪、四处打探、封锁地段。一定会有人发现什么的。围捕开始了！"

33

那辆不起眼的小货车装上了彩色玻璃窗。它自驶出对内安全总局后就派上用场了。从今往后，它会在南特刑侦队锁定的三角形地带走街串巷。这辆车会频繁经过旧铸造厂和贝朗兄弟生活过的街区。

司机旁边的警察将一个 IMSI^① 捕获器放在膝盖上。该设备购买自一家以色列专门生产安全设备的公司。这可是电子产品中的精品，只有大公司或国家级单位才能负担得起它的费用。该设备通过模拟移动电话的蜂窝站，促使周围的设备与之联网。警察用这台设备来搜寻给梅蒂维耶手机发送短信的号码，只要那个号码处于激活状态，而且就在附近，设备瞬间就可以将号码检测出来。

在距离商会会址很近的地方，设备发出了警报声。负责操控机器的工作人员大喊："我搜到了！停车！"

司机低声埋怨："这里是环岛，我要绕一圈，稍等片刻。"

他随后将车子停在侧道上。

那个号码就在距离此处很近的地方。

两个男人从车上下来，环顾四周。

夜色袭来，笼罩着层层浓雾的卢瓦尔河静静流淌着。两人的身旁车流滚滚，都是下班的人。几个行人走在人行道上。

"网上出现非法交易了？"司机问道。

另一人把头伸进驾驶舱观察屏幕。

"不，他刚刚消失了。"

两名警察重上小货车，他们往旧铸造厂的方向驶去。货车疾驰，拐弯的时候，轮胎嘎吱作响。

在离他们不过几百米的舍弗赫尔街上，一名男子正沿着一幢外立面满是涂鸦的建筑物行走。轮胎的摩擦声引起了他的注意。他转身看见那辆朝他驶来、沿街而上的小货车。他总觉得有点不大对劲儿。

彩色的玻璃车窗。

他拉起风帽，右转走进最近的一条小巷。沿小巷阶梯而下，进入一条狭长的死胡同。

车内，司机察觉到右边悄悄溜走的身影。

"信号是从那里发出的吗？是他吗？"

"是的，这里的确只显示出一个信号。"

街道上已空无一人。夜色中，寥寥几辆车出现又随即消失。

IMSI 捕获器的屏幕上显现出了匆匆驶过的汽车司机的电话号码。

他们的目标没有移动。

他步行。

司机停车。

"你在做什么？"另一人问道。

---

① 国际移动用户识别码的英文是 International Mobile Subscriber Identity，IMSI 是缩写形式。

"我们刚刚超过一个背背包、戴风帽的家伙。他看起来怪怪的。你监视着设备，我去看一眼。"

警察查看他的手枪是否装在枪套里以及是否带了手铐。来不及穿上夹克衫，他就朝死胡同跑去。他看见阶梯上面的身影往右拐了。警察跟上他。对方听见身后传来了脚步声，立马开始奔跑。他对这个街区了若指掌：车库、摄像头监视的封闭停车场、狭窄的小巷，他都熟记于心。

警察追到十字路口后往右边继续跟踪。又是一个岔口，那身影已不在视线之内。警察这才反应过来自己把嫌疑人给跟丢了。

他给同事去电。

"你那里一直都有信号吗？"

"他刚刚关机了。"

双方陷入沉默。

"好吧，游戏结束了。我也不知道我跟踪的是谁，可能不过是个闲逛的人罢了。我回来了。"

藏在一辆卡车后的男子将手伸进外套口袋。原来他的手机早已开机了。应该是他坐下的时候，口袋里的钥匙触碰到了手机，把手机打开了。

免费提醒。不要再犯这种低级错误了。

他关了手机，从电池匣中取出电池。他得绕道走二十来分钟才可以抵达住处。回到家中，他没有脱下大衣就朝微波炉走去，将 SIM 卡扔进微波炉，按下启动键。微波炉内一道蓝光闪过。电子元件立刻燃烧起来。

"亲爱的，怎么了？"

他转身盯着穿睡衣的女子看。后者坐在一把安了滑轮的扶手椅上。她显然一整天都没有换过衣服。她从前一定是个美人。可今夜，她那没有光泽的金发散乱地垂在肩膀上。

"我想热点吃的。"他含糊其词地说道，"微波炉刚刚短路了。这周内我再买一个吧。"

他走近她，轻轻抚摸着她的下巴。她抓住他的手放到自己的脸颊上。他们很久都没有这样温存过了，但她还是极尽所能地要争取一下。

"你浑身冰凉。外面很冷吗？"

他不回答。

他拨开遮挡了她面容的那绺头发，他叫萨米埃尔，他凝视着望向自己的那双眼睛。她几乎什么都看不见，她在几年前得了多发性硬化症。这已严重影响到了她的视力。

"你吃饭了吗？"他问道。

"没有，我在等你。"

"你去客厅待着吧，等晚饭做好我会叫你。"

"难道你不想我留在这里陪你吗？我想听听你做饭的声音。白天，就我一人……"

他嘀咕了几句后打开冰箱。

几个小时后，萨米埃尔觉察到她蜷缩着挤进了他的怀里。黑夜沉沉，他们双双躺下，她想和他做爱。他深情又急不可待地抚摸着她，之后他进入她的身体，并享受到了瞬间的快感。完事后，他躺到了一旁，突然听见了床头柜上的电话振动声。那款超级安全的手机机身是黑色的，这是他从以前的雇主那里偷来的。

他刚刚收到一条来自女儿茉莉的短信：晚安，我亲爱的爸爸。

　　萨米埃尔面露微笑。

　　"是谁?"年轻女子问道。

　　他重新放好瞬间锁屏的手机。

　　"一条无关紧要的广告。"

34

伊莎贝尔走进鲁昂办公室的时候，鲁昂正和对内安全大区负责人丹尼尔·盖兰商谈很重要的事情。女局长示意她的下属："我需要和跟进贝朗案件的人员谈谈。"

不一会儿后，六名警员在她的办公室里集合完毕。

"一段时间以来，"鲁昂开始发言，"对内安全总局为我们提供了技术支援。这是一次隐蔽的支援，没有记录，也无章可循，显然对于法官来说也不会有有利的证据。如此行事的目的是要将我们的调查引入正轨，并随之搜集利于调查的蛛丝马迹。下面有请盖兰特派员发言。"

"谢谢你，露迪维娜。"他边说边用他那神秘莫测的眼神打量着集结的人马。

他从手提包里取出几张纸来。

"我们对下尚特内街区的 GSM 网络进行了监控，法国国家警察科学研究所则做了 DNA 样本的分析，现在我们可以明确告知诸位：M4STER SHARK 的真名叫作萨米埃尔·塞雷。"

案件调查组的全体成员心照不宣地看看彼此。这是案件调查的飞跃性推进，然而鲁昂很快就给兴高采烈的他们泼了冷水："目前，他也许借用了另一个身份。"

盖兰往下说道："2005 年的时候，对内安全总局第一次知道了此人的存在。当时，他已在信息领域及神经植入领域崭露头角。他效力于伊夫林省一家与国防部合作的研究院。这家机构致力研究如何部分或全部消除军人的创伤后压力。机构曾尝试研制电子脑部植入物以达成此目的。"

露迪维娜给案件调查组成员展示了一张照片。

"对内安全总局为我们提供了萨米埃尔·塞雷最后已知的样貌。截取自他从前效力的研究团队的集体照，照片是在脸书上找到的。"

伊莎贝尔审视着那张脸：红棕色的络腮胡、蓝眼睛、鹰钩鼻。

非常帅气的男人。是那种我以前会迷恋的坏男孩类型。

盖兰继续道："2006 年底，塞雷突然离职，并带走了几台电脑和一些技术资料。研究所向法院提起控告，他们立刻觉察到他是一名工业间谍：很可能是俄罗斯安插在研究所内部的棋子，然而苦于没有证据。塞雷得到了做间谍的酬劳，最后却花得所剩无几。"

伊莎贝尔问道："为什么会这样呢？"

盖兰耸耸肩："确切的情况我们不甚了解。他很脆弱，因为他痛失了唯一的女儿。此外，他和部门领导的关系也很紧张。"

"那他为何出现在南特？"

"因为他女儿去世前是在南特接受治疗的。"

"她的死因？"

"白血病。"

伊莎贝尔仔细凝视着研究团队的照片。

"SITOM 是吉祥物吗？"

盖兰特派员脸色霎时变得苍白。

"您刚才说什么？"

她指着那张团队的照片。一个长满络腮胡的男子戴着圆圆的眼镜，手里摇晃着一个猴子的绒毛玩具。而在小动物的脖子上有块标注着"SITOM"的小标牌。

面色紧张的盖兰直摇头。他对女局长说道："我和案件调查组成员的谈话就到此为止了。如果您同意的话，我们一起将双方所做的调查做一个常规性总结。"

伊莎贝尔等盖兰离开后，又将话题引入到案情上："领导，对内安全总局是在耍我们吗？"

"您想说什么？"

"SITOM 到底是什么啊？"

她做了一个手势，好像要把苍蝇赶走。

"盖兰特派员向我保证过这和我们的案情没有什么关系。不管怎么说，这关乎国防机密，不可造次。"

"哦，说得这么严重！"

"伊莎贝尔，不要多想。对内安全总局总比我们高明吧。"

上尉双臂交叉，回了一句："可逮捕那人，就是司法警局的事了，不是那些黑衣侠①。"

---

① 此处暗讽对内安全总局。

35

深夜，天寒地冻。萨米埃尔走进屋子。他的鼻子冻得通红，眼睛也因寒冷而泪流不止。他脱下大衣，放在扶手椅的靠背上。他的正面是在桌上排成半圆形的几台电脑屏幕。高科技设备和简陋家具形成了强烈对比。搁凳、二手衣柜和充作书桌的木板就是他仅有的家当了。

墙上的壁灯显示出室内气温：十四摄氏度。

他将右手食指放在指纹加密器上，电脑开机了。输入一系列的数字和字母后，界面上出现了一张小女孩的面容。她看起来神采奕奕。

"你好，茉莉。"

"你好，我亲爱的爸爸。"

声音不像是虚拟的。一般人察觉不出女孩话语间有轻微的中断。

"今天早上我们要行动吗？"

"是的，的确要行动了。"

"我该做些什么呢？"

"我们得提防外面那些坏人。"

"茉莉被人袭击了吗？"

"还没有，可我们得做好准备。"

"好的，爸爸。"

"这幢大楼四周装了几台摄像头，它们只有连上无线网络后才能运行。你能控制它们吗？"

"激活扫描仪。"

十秒钟后，女孩答复了："共有五台摄像头。"

"厂家的网站上是否发布了网络安全的内容？"

"没有。"

"查查厂家总部的地址和管理者身份。"

"查到了。"

"摄像头符合网络安全标准吗？"

"哪些标准？"

"所有标准。比如：ISO 27000、15408 等等。"

不到两秒钟，她回复了："不符合。"

"好极了，你获取信息真是易如反掌。现在该你表演了，茉莉。"

"要求不明。"

萨米埃尔显得不耐烦了："我想说的是你'百击百中'。"

"啊，原来如此，好的。'易如反掌'。"孩子声音里透着放肆的口吻。

屏幕上出现了一串字符：

IP 地址：181. 158. 2.

密码：有

频道：6

可利用的存储崩溃：无

Mac 地址过滤：00 07 F1 23 85 9G

萨米埃尔挠着下巴："上谷歌，获取这款摄像头的技术文件。"

三秒钟后茉莉回答："已获取。4 页 PDF 格式文件。"

"没有厂家的密码吗？"

"没有。"

萨米埃尔面露微笑着说："你觉得会这么简单吗？去网络上大范围查找。整理出一份在'视频监控'领域内使用频率最高的密码清单。"

屏幕上，女孩额头的上方出现了一个不断旋转的沙漏。

查找时间：5 分钟。

"好极了，我正好去泡杯咖啡。"

片刻之后："我找到了。"

女孩笑意盈盈。

"多少个密码？"

"极有可能是密码的数字为 800 个"。

萨米埃尔伸伸懒腰，打了个呵欠："我们要去看看停车场的摄像头是否被管理人员更改了密码。你试试所有的数字组合。"

CPU 环①发出两下声响，然后显示：

分析结束，获得密码。

茉莉宣布了好消息。

"进入视频流，将视频流截到我的电脑上。"

孩子操作并回复。于是他得以看见主入口、刑侦队大门、紧急出口和停车场。

---

① 一种用来在发生故障时保护数据和功能，提升容错度，避免恶意操作，提升计算机安全的设计方式。

"干得漂亮，茉莉。"

对方没有立刻回答，之后却说道："我爱你，爸爸。"

他如鲠在喉。父亲表扬女儿时，此类回复早已提前设置在系统中。萨米埃尔只不过是忘记了。

"我也一样，亲爱的。我非常非常爱你，永远爱你。"

声音暂停。

"爸爸，还有工作吗？"

"还有。识别南特刑侦队的那几名警察。"

他从一个盒子里取出一张 SIM 卡，将它插入电脑旁的接口。

"全面搜寻吗？"

"是的，如有必要。"

社交网络：OK

法语区的搜寻引擎：OK

电子邮件：正在搜寻。

地方和国家出版物：OK

黄页：正在进行。

黑客论坛甄别：盗用团结和忠诚警察工会信息，获得 850 名警察会员的花名册。

"用那些我刚刚给你的手机号码去比对你搜索到的信息。再试试这个网址。"

他用手指轻轻敲出一行字符："这是 COPWATCH France 的账号，是一个示威游行积极分子监控警方的网址。多名警员已被该网址识别。他们的数据库极易进入。我想要一份副本。"

"请求无效。"

"为什么？"

"该网址已于 2015 年 6 月 12 日被内务部关闭。因为在此之前，一名黑客曾将一份镜像副本公开到了网络上。副本后来被转发过几十次。我从中抽取了一份样本。"

　　声音暂停。

　　"锁定在职的南特警员名单，现在预计搜索时间为五十分钟。"

36

　　一个五十来岁、胡子拉碴，又长了一个大鼻子的男人，在大学医院儿科血液检测处的走道上走来走去。此时，一名护士朝他走来。

　　"我能告诉您这个区域不对外开放吗？"

　　男人费劲地拿出一张三色条纹的名片。

　　"我是司法警察克里斯蒂安·夏洛尔。"

　　她缓了一下。

　　"您是要找谁吗？"

　　他看看四周。

　　"可能就找您。我想查查几年前在这里住过院的一个孩子的资料。"

　　"如果您要查询某位女病患的病历，我是不可能随随便便就给您看的，因为这是病人的医学隐私。您知道她的名字吗？"

　　"塞雷。"

　　她走进办公室，在电脑上查询了一下。

　　"生于 2007 年 3 月 14 日的茉莉·塞雷？"

　　"我想就是她。"夏洛尔说道，"您有她的出院日期吗？"

　　"很抱歉，她是在医院里去世的。"

"因为白血病？"

"是的，这是个可怜的孩子。"

夏洛尔思索片刻。

"我想找到她的父母，您这里有他们的地址吗？"

她轻敲键盘。

"南特，圣马丁大街 13 号。"

离港口不远，就在三角形地带附近。

"您知道她父亲的名字吗？"

"萨米埃尔·塞雷，生于 1971 年 11 月 21 日。没有母亲的记录。"

"有电话号码吗？"

她提供了登记过的电话号码。

警察可以开始收尾了。"谢谢您的帮助，"夏洛尔说道，"您很漂亮。"

护士笑了。这家伙看起来很守规矩，也很可爱。她突然想到医务人员和警察必然会有交集。也许早已危机四伏。

"您是在调查一起刑事案件吗？"

"是的。"

"您知道，"她一边说一边揉着太阳穴，"我们血液科的领导可能认识这个小茉莉。"

"她今天早上上班吗？"

"上的，很快就到她的休息时间了。请您跟我来。"

西尔维娅·托马很像是从一部烂片里抽身而出的社工。她戴着一副圆圆的眼镜，梳了一个早已过时的发型。

她给少校冲了杯速溶咖啡。在她倒水的间隙，他克制地作了个鬼脸并在心里说道：

在你的职业生涯里，你喝了多少杯有毒液体？未免太多了
吧……

"我完全记得这个小茉莉，所有在这个科室里去世的孩子
我都记得。所幸，大部分孩子痊愈了。可是如果疾病治不好，
我们也无可奈何！"

她看着窗户陷入回忆。

"这个小女孩很惹人喜爱，很活泼。她的父亲很爱她。她
离开的时候，这个可怜的男人不堪一击。真是可怜。"

"您还记得他吗？"

"我记得他是一位科研工作者。自从孩子离开后，我就再
也没见过他了。这世上有很多爸爸在全心全意地爱着孩子，可
我们不会每天在街角遇到他们。"

你对他满是赞誉之词，夏洛尔自言自语。

"说起此人，您注意到他有什么特别之处吗？"

她耸耸肩："您知道，主要是由洛朗丝来陪伴小女孩的。她
当时还很年轻，没有孩子。她也同样经受了孩子死亡的沉重打
击。我总在想她是因为小女孩才爱上她父亲的。有时，这类事
情是会发生的。"

"她姓什么？"

"德尔鲁。"

"我们能和她谈谈吗？"

"她已不在这里工作了。她病了很久，病因是某种恶性的
多发性硬化。小女孩儿离开后，她的症状越发严重，几乎什么
都看不见了，得靠轮椅活动。她请了一年的病假，之后我们就
没有她的消息了。"

"您知道她住哪里吗？"

"我想她还住在南特。您不妨试试通过家庭补助基金查找……"

夏洛尔在大学医院的自助餐厅点了三明治和矿泉水。他看看表，快到中午十二点了。

他和家庭补助基金一个叫米蕾伊的人联系上了，他认识她快七八年了。他们有共同点，都觉得世界发展太神速，而他们这一代人正在十字路口徘徊。

他是用旧手机联系她的，这是一部九十年代的诺基亚手机，只能做一件事情：呼叫。手机既无法上网也没有无线网络这样的玩意儿！这对他来说非常合适。

"克里斯蒂安？你一直待在刑侦队吗？"

"很快就要离开了。"

"这是你最后一次办案吗？老强盗？这一次又是什么案件，是和连环杀手有关吗？"

"哦，故事没那么引人入胜。你能帮我查一个领家庭补助金的人的家庭住址吗？她叫洛朗丝·德尔鲁。"

她记下名字，很快作出答复了。

"妈的，你说的是真的吗？"

"这可是我的电脑说的。"

几分钟后，夏洛尔钻进车里。

他拨了副手的私人号码。对方没有接听电话，只有语音信箱的留言。

"伊莎贝尔，是我，克里斯蒂安。你快给我打个电话。我知道 M4STER SHARK 这个下流坏住哪儿了。"

37

热罗姆开车来警局接她。

"你来这里干吗?"

"带你出去散散心。我在一家客栈订了房。"

伊莎贝尔还在想刚才的事儿。

"我们去哪里?"

"去野海岸。我答应过你要给你一个既可以看海景又温暖舒适的小窝,而且还能烤着火享用晚餐。你会爱上那里的。"

她莞尔一笑:"可我没收拾行李呢!"

"你的包放在后备厢了:我给你收了一件换洗衣服和牙刷。"

她亲吻他后坐到他旁边的位置上。

"他们的餐厅真是服务周到,"他一边说着一边眯起眼睛看路,"如果我们在花园散步,他们甚至可以提供开胃酒。晚上,他们还会燃起火堆照亮花园。"

"你真好。"

她轻抚他的颈背。

汽车驶入环城公路后朝着大西洋滨海城市波尔尼克^①的方向开去。伊莎贝尔仔细观察夜里的光线变化。郊区,市郊的商业中心,加油站、集电影院、保龄球馆和满足食客口腹之欲的亚洲餐馆于一身的综合大楼。更远处是冬天夜里被雾凇笼罩着的田野，若有若无地出现在视线里。

她打开收音机，正好是夜间新闻时段。贝朗兄弟的案件有所提及，法官已经见过两名嫌疑人了：维克多·索雷尔的审查以及雅尼克·加达的司法审查程序。媒体却只字未提他们同事的自杀。

"和所有这一切做个了断真不容易啊。"他喃喃低语。

他伸手关了收音机。

她凝视着窗外暗黑沉沉的乡野。

"我想到了梅蒂维耶的孩子和他们此刻痛苦的感受。他们的父亲善良得连只苍蝇都不会伤害，却被人威胁致死。"

"你不能独自承担他自杀的后果。你的上面还有人，他们可以替你挡一挡，缓冲这个打击。"

她苦笑："鲁昂还很年轻，她需要我。"

热罗姆嘟哝了几句，眼睛却没有离开路面。

"老实说，你会不会偶尔也想聊聊这个问题？你上司，她还要在这个职位上待多久？五年？之后，她会去别的地方；而梅蒂维耶留下的阴影也会渐渐消散。可是你，伊莎，你还会在这里。你必须往前看。何况，你知道咱俩还有一个计划要完成呢。"

她轻轻地抚摸他的脸。

他打了转向信号灯，汽车沿一条砂石路开去。

"我们到了。"

---

① 法国大西洋卢瓦尔省的一个市镇。

旧农庄摇身一变成了豪华客栈，俯瞰着布尔格讷夫的港湾。农舍的前面是一块围起来的菜园。艳阳天时，农舍小径鲜花盛开，两旁种满了梨树和一排排芳香植物。沿小径安放的火炬在灌木丛上发出浅黄色的光。

一小时后，情侣俩坐到了宽敞餐厅的餐桌旁。一根大烟囱占据了餐厅的大部分空间。她换上了舒适的便装；餐厅壁炉里的火很旺，她只穿了一条长裙也不觉得冷。

"房间很棒。"她一边小声说着，一边握住了热罗姆的手。

"这是实现我们小计划的理想之地。"他笑着说。

"为什么说小计划？我可是梦寐以求了很久。你是我遇到的第一个男人，而且这个念头没有让我害怕。"

他们相拥接吻。

伊莎贝尔的手机响起时，热罗姆正看着酒水单。她从手提袋里取出手机，接收到一条短信：

婴儿，不堪一击……

热罗姆觉得女友一定受到了强烈刺激，因为她猛地跳了起来。

"怎么了……"

她把手机扔在餐桌上，好像手机刚刚咬了她一口似的，接着她翻转手机，发疯般地要剥掉手机壳。她怒目圆睁。塑料保护壳总褪不出来，她便拿起开牡蛎的刀将其敲碎。大拇指割破了，她却无视流出的鲜血。她弹出电池和 SIM 卡，再将卡扔进了火里，一旁的宾客看得不明所以。热罗姆觉得她失去了理智。

伊莎贝尔焦灼地环顾左右，一名侍应生朝她走来。

"客栈提供无线上网服务，对吗？"她突然问道。

"是的，满足我们客人的需求。怎么了……"

她冲出餐厅。

热罗姆目瞪口呆地看着眼前所发生的一切。他盯着餐桌上支离破碎的手机。而在他们的房间里，他见她取出手枪。她先前把枪支放入塑料袋，藏到了抽水马桶里。这是毒品贩子在无计可施时惯用的伎俩。

她在枪膛里装了一颗子弹，然后拴上保险，放入包中，填上了之前智能手机留下的空当。

"伊莎贝尔，你让我觉得很惶恐……"

她恶狠狠地看了他一眼。

"我的手机被他设了陷阱。"

"'他'是谁？"

"是我们追踪了很久的黑客。他居然可以监控我的手机！他应该是用 GPS 追踪到我的，他可以乐此不疲地用电脑来窥伺我。对一名警察来说，这可真是讽刺！是他在跟踪我，而不是我追踪他。"

"这怎么可能呢？"

"此人能将任何物体联网，继而将其转变成致命武器。我们一定要立刻抓住他！"

他把她抱在怀里。

伊莎贝尔用袖子拭去泪水。

"他竟然知道我们想要孩子……我感觉自己像被强奸了一样。"

"你不会以为他就在这里吧？"

她摇头。

热罗姆吻她。

"这个卑鄙小人不敢直接袭击你，所以他才偷袭你的手机。"

她喃喃低语，他没有听清。

"亲爱的，这是属于我们的夜晚，只有我们。不要让这个混蛋搅局。"

38

司法警局的车停在圣马丁大街的街口。快到十点了。

夏洛尔把手伸到大衣下检查防弹背心是否扣好。他身材肥胖，这种衣服穿起来并不舒服。

"昨天晚上我一直都在设法联系你。"

"幸好你没有联系上我，我的手机搞砸了我的晚餐，很诡异吧！这个叫塞雷的混蛋竟然获取了我的私人号码。我倒要看看他还能监视我多久。"

夏洛尔打开车门。

"我没觉得盖兰是个热心的家伙，可我得承认他是对的。我们每个人的电话都很容易被侵袭。我从自己做起。我昨天下午在火车站附近买了一部一次性电话。"

伊莎贝尔点点头："克里斯蒂安，我害怕。这个家伙是从哪儿冒出的？"

他紧紧按住她的肩膀。

"我们赶快办完手上的事情，接着去头儿那里。得有个巡逻队在你家前面经常走动。"

"我把家里所有的联网物件都断开了。我的互联网盒、热罗姆的手机。甚至联网的摄像头和打印机也不用了。"

他们朝着一幢红砖老楼走去。

网络陷阱 | 167

"你觉得他住这儿吗？"伊莎贝尔问道。

"这是他在女儿住院时留下的地址。是当时大学医院的一名护士的家庭住址。她照顾了小女孩很长时间。我猜是因为日久生情，她和孩子的父亲变成了情侣，惺惺相惜。"

他们走进楼房。一股尿味弥漫其间，霓虹灯闪耀。旁边的房间里立着三个垃圾桶，门面坑坑洼洼。地上全是垃圾袋。

"把垃圾扔到里面也是要费一番周折的。"伊莎贝尔说道。

夏洛尔深表同意："二十年前我来南特工作的时候，就住在一个廉租房小区。居民好像生活在中世纪，直接往窗外扔垃圾。"

"我想现在他们也这样。"她回答道。

他们看看左右。

"这是贫民区，没有安装数码单元门。我们瞧瞧信箱如何？那名女护士姓德尔鲁。"

夏洛尔仔细检查着能勉强辨认出来的名字。

"没有德尔鲁。"

"那我们怎么办？"

他挠挠络腮胡后走进垃圾间。

"他们是不会来刨垃圾的，这对我们来说是好事儿。"

他抱着一个纸盒回来了。

"你不觉得我很像送快递的吗？"

"我在你后面。五楼，没有电梯，我们要爬一早上。你身上有没有带塞雷的照片？"

他检查了外套里面的防弹衣之后开始爬楼梯。

他们一户户地敲门或按响勉强能用的门铃。无人应答。那些屋子里好像没有住人。

好不容易爬到第三层，一个年轻人嘟哝着开了门。

"抱歉，我把您吵醒了吗？我找洛朗丝·德尔鲁。"

"她是以前的租客，早就不住这里了。"

"可是我要交给她一个包裹，她留给我们的资料似乎没有更新。您没有她的新地址吗？"

对方仍是昏昏欲睡的状态。

"她曾忘记带走一只箱子里的物品，还回来找过。我记得她对我说过：她一直都住在这个小区，还说过她会嫁人。"

夏洛尔下了几级楼梯后见到伊莎贝尔。他一脸戾气。

"貌似洛朗丝和她的黑客男友不住这儿了。"

39

国家信息及信息系统安全学校校长大人住在波尔尼谢的一个高端住宅区里。房子的正面会让人误以为是度假别墅；房子背后是一个大花园，路边种满了野草莓树，再往后，大西洋的海景尽收眼底。

伊莎贝尔和雨果于下午到达，他们按响了门铃。一个大约五十来岁的女人给他们开了门。她身材纤细，衣着考究。

伊莎贝尔出示了警官证："我们是南特司法警局的警官。可以和您的先生谈谈吗？我们去学校找过他，可秘书告诉我们他在休假。"

女子点点头："他每个月都会用一天时间来打理花园，即使冬天也不例外。你们沿屋子往左边绕过去，就会在后面找到他。"

让-路易·阿马尔正将枯枝点燃。他刚刚把花园耙净，火堆旁围起一堆枯叶。一股浓密的白烟升到天际后便被海风吹散了。

"阿马尔先生，抱歉在您休假时前来打扰。可我们真的需要您指点一二。"

她向对方介绍了雨果。

他朝火堆中扔去最后一捧枯叶。

"您想问什么？"

"您对 SITOM 有没有印象？"

他没有立刻回复，却双眼一亮。

"你们是从哪里知道这个的？"

"我们追踪的罪犯曾多少和这个组织有过工作关系。"

"你们知道 SITOM 是一个被列入'国防机密'的计划吗？泄露与之相关的信息是违法的。"

伊莎贝尔耸耸肩："我们调查的这名黑客叫萨米埃尔·塞雷，现在也不是绕弯子的时候了；他曾效力于伊夫林省的一家研究所，但后来窃取了该研究所的工业机密潜逃了。也许他盗取的机密就与 SITOM 有关？现在我们仍未将他绳之以法，您不觉得国防部会有隐患吗？"

她的话说到点子上了。

阿马尔拉上夹克拉链。

"去屋里喝杯茶吧，这样我们可以自在地说话。"

他的妻子在桌上放下一盘饼干和一壶滚烫的茶水。

"既然我从部队退役十多年了，所以我想我能和你们聊聊这个话题。"

他略作停顿后将茶水倒入茶杯。

"在我创办这个学校以前，我曾效力于对外安全总局的机密部门。我在技术中心负责一个现已不存在的部门：F 单元。该单元在诸多领域内做预测研究，也包括网络战争。我们曾拼命向前，预测从未出现过的危险，并尝试研发一些几近科幻的玩意儿，反正就是政客不懂的东西。我们的预算经费很充足，我们研究所有得手的东西。这是我们的黄金时段，那时的我们开放包容、满怀好奇。有时我们也会和国防部的某些附属企业合作。"

阿马尔提议他们尝尝饼干后继续说下去："我回到你们的案子上。这些附属企业中的一家在伊夫林省拥有自己的研究室。这就是网络防御。它的研究领域既广泛又高端，包括：网络安全、神经元研究和人工智能。正如美国人所言，它的好几个研究计划都'非常机密'。"

"SITOM 也包括其中吗？"伊莎贝尔问道。

阿马尔点头。

"SITOM 是'军事行动智能系统'①的缩写。早在 2000 年年初，我就在一个只有军队高层人员才能参加的研讨会里看过它的相关介绍。这是一个野心勃勃的新型系统，它集指挥程序于一身。"

"您能解释一下吗？"

"设计这个人工智能系统的目的是：若发生全球性的武装冲突，军方能够速战速决，并完美协调现场作战的部队：陆军、飞机、无人机、舰船……但是这样的系统并非坚不可摧：敌军可能会利用我方军队的互联漏洞进行信息侵袭，从而导致一切瘫痪。网络防御因此设计了一个可以瞬间应对侵袭的结构。"

"无懈可击的武器。"雨果窃窃私语。

"是的，光从字面意思来看，它就很有威慑力了。安装在终端设备上的 SITOM 破坏性极大，它可以操控所有安保措施不到位的联网物体；它可以窃听人们的对话，分析接收到的信

---

① 原文是 Système d'Intelligence pour les Opérations Militaires，所以首字母缩写为 SITOM。

号，尤为厉害的是，它可以反复传播。"

"这是一种类似于电脑病毒的独立系统吗？"雨果深感震惊，"那机器人三大定律①呢？"

"显然，他们对此嗤之以鼻。允许 SITOM 在没有人类授意的前提下发动袭击，这意味着赋予了机器可以采取一系列有悖阿西莫夫②定律的行动。赋予 SITOM 自卫的可能性意味着什么？我提醒你们第三定律宣称：机器人在不违反第一、第二定律的情况下要尽可能保护自己的生存。"

"网络防御公司一直都在为该计划效力吗？"伊莎贝尔问道。

"我不这样认为，即使现在我已无法得知这个计划的详尽信息。我记得当时的研究人员已经难以说服投资者为他们的研究投资了。他们只好不停地去敲各位金融家的大门，最终他们引起了科技选择评估办公室的注意，而后者都是选民代表。科技选择评估办公室提出了一些棘手的问题，企业领导知难而退了。"

伊莎贝尔陷入沉思。

"假如塞雷窃取了 SITOM 计划的敏感信息，那么他会变出什么花样来呢？"

阿马尔停下，目光空茫。

"肯定没什么好事儿！我还记得一位曾就职于监控中心的

---

① 这是由阿西莫夫提出的。第一定律：机器人不得伤害人类个体，或者目睹人类个体将遭受危险而袖手不管。第二定律：机器人必须服从人给予它的命令，当该命令与第一定律冲突时例外。下文会提到第三定律具体内容。
② 阿西莫夫(1920—1992)，美国科幻小说黄金时代的代表人物之一，代表作有《基地系列》《银河帝国系列》。

参议员的话。此人激烈反对 SITOM 的实施：'如果人们没有理解它的原理而将其保留，那么人们也不会料到终有一日，它必将行动。而到时便是我们人类的灭绝之时。'"

40

以粗体字显示的文章出现在萨米埃尔的电脑屏幕上：

南特警局举行仪式，授予一名警察女上尉金章

卢瓦尔河大区区长让-雷米·毕荣授予南特刑侦队伊莎贝尔·M上尉为维护内部安全作出贡献的金章。

区长表示，对她的职业历练深感敬佩。她首先就职于巴黎警察局，继而效力于南特司法警局。区长再次强调上尉身上所具备的勇气足以让整个警察机构向其致敬……

萨米埃尔对文章的后续不感兴趣，他的手指滑过孩子的金发。

"茉莉，你是怎么找到她的手机号的？"

"警校培训机构的网址有安全漏洞。他们曾公布过一份参加了2013年英语研讨会的实习生名单，包含了他们的地址、工作岗位和手机信息。它出现在一个格式极易攻击的文件上。"

"你和其他信息源比对过了吗？"

"是的：四十九条信息源。持有该手机号的伊莎贝尔·梅耶和媒体文章中提到的伊莎贝尔·M为同一人的概率是98.79%。"

"目前识别出多少位南特警察？"

"八位。"

"刑侦队的有几个？"

"两个：伊莎贝尔·梅耶和让-米歇尔·梅蒂维耶。"

"呃，我们不需要第二个了。"

他的手机响了。是加密号码打进来的。

"怎么了？"他很不耐烦地问道。

一个女人的声音："是我。我想知道你几点回家？"

"别等我吃晚饭了。你要是饿了，就打开冰箱，你的晚餐已经做好放在里面了。"

"我们很久都没有一起晚餐了。"

"今天不行，"他打断她，"我现在还有事儿。"

他挂了电话。

几秒钟后，萨米埃尔怒不可遏。

"是洛朗丝。"电脑里的声音很确信。

他诧异地抬起头。

"你居然听到她在电话里的声音？"

"是的。"

"这怎么可能？"

"这是她第十一次来电。最后一次通话时长两分钟。上次来电是五天前，通话时长二十七分四十五秒。只要有人和你通电话，我就会过滤掉干扰的声音。"

"你越来越棒了，你真是个天才。"

"这得益于深度学习功能。再和我聊聊吧！"

最后这句话让他有些触动，他轻抚屏幕。

"你母亲走之前，我经常不在家。你觉得我们可以追回逝去的时光吗？"

显示器上的那张脸没有表情。他尴尬地笑了很久……

洛朗丝在逼仄的厨房里挂了电话，她忍不住哭了。她猜想了几个星期的事情发生了：萨米埃尔有一个情妇。否则怎么解释这些没完没了、耽搁下班时间的会议？他在这个她没能记住名字的信息安全公司里，只是一名工程师，并非总经理。这些他收到而她又看不到的短信又说明了什么？泪水顺着她的脸庞滑落，也将她的空茫洗刷殆尽。

他说话时要么语气生硬，要么长久沉默。已经有几个月，他都无暇顾及她了。而她呢，她总是为他和他女儿小茉莉默默付出。她将她视如己出。

他对你只有同情，没有别的。你以前真是太傻了。

一个想法突然让她不寒而栗。

如果他决定让你卡在轮椅上自生自灭，而你又几乎瞎了，那么你要怎么活下来呢？

她知道倘若走出家门，自己不过是男人的猎物而已。真相何其残忍，她又流泪了。萨米埃尔用力将她扶住。

41

南特警局大楼内，司法警局的那一层楼很像一个翻修的工地。断网的机器整整齐齐排列在走道上。几条光缆从天花板垂将下来，几个身着电工服的家伙拎着装满材料和工具的袋子来来去去。而会议室则变身成了应急处理室。

盖兰特派员的人马集中在一个角落里工作，另一个角落里是法国国家网络安全局的十余人。两名司法警局总局痕迹鉴定及信息技术总部的专家也从巴黎赶来。法国国家网络安全局的技术人员全是专家。该局也会全权考量招纳一些做过黑客的人为其效力。司法警局遭遇袭击不到一天的时间里，他们的人手突然激增，这也没什么好奇怪的，因为内务部的介入向来神速！

今早召开了与案情相关的所有在场人员的技术协调会议。露迪维娜·鲁昂身旁全是她的属下，而对内安全总局的盖兰特派员身旁簇拥着他的人马。

第一个发言的人来自法国国家网络安全局。

"我们在司法警局网络上设置的探测器没有给出我们想要的结果。"工程师说道。

会议室里的气氛降到冰点。

"我们面对的不是一个普通的勒索软件，也不是一个攻击性的病毒。"他明确地指出，"我们面对的是异常危险的rootkit①。"

看到同事们疑惑的表情，他觉得很有必要解释一番。

"rootkit 相当于人类遭遇的埃博拉病毒。这是一个恶意程序，设计的初衷就是监控你的电脑。它可以侵入各种联网的系统，甚至可以阻止硬盘格式化。rootkit 可用于谍报活动、偷窃、篡改或破坏。总之，那家伙就躲在你们身后，他并非只想和大家逗个乐子。"

"我们早已领教过它的厉害了。"鲁昂局长说道，"之后还会发生什么呢？"

"正好，我们刚刚绘出了覆盖大楼的网络图纸。rootkit 已经控制了司法警局的大部分机器。尽管在我们到来之前，你们已经将它们断网了，可遗憾的是，它的破坏力度更大。这个脏东西已经蔓延到传统的信息区域之外：我们在你们停车场的联网摄像头里、反家庭暴力支队的几台复印机内、二楼的咖啡机里都检测到了它的存在……"

"咖啡机？"盖兰嚷嚷道。

"rootkit 控制了监控储水量和咖啡豆存量的传感器。咖啡机联网了，可它显然没有安装防毒软件，所以……"

工程师面不改色地继续说下去："……我们还在某位同事联网的运动手环上检测到了它的痕迹。rootkit 甚至扩散到警局对面楼里私人使用的互联网盒子。目前，所有联网的机器都断开了网络，切断了电源。"

---

① rootkit 是一种特殊的恶意软件，rootkit 一般都和木马、后门等其他恶意程序结合使用。rootkit 的三要素就是：隐藏、操纵、收集数据。

"我们可以稍微松口气了？"鲁昂问道。

男子面露尴尬之色。

"好几台被感染的机器内有敏感信息，比如你们部门的文件里面有罪犯照片、其相貌特征的信息以及各种机密资料。但最让人担心的不是这个，而是我们检测到 rootkit 的某个复制版本已在警局内部安装了一枚逻辑炸弹。"

在场的人开始忐忑不安地窃窃私语。

"当然，现在我们说起来的时候，这些机器都断网了，程序也失效了。可这不意味着它在别的地方就不存在。"

"这些'炸弹'的用途是什么？"盖兰发问。

"它们会在设置好的日期里随时被激活。"

"那么激活之后又会发生什么？"有人问道。

工程师的回答极其冷静："它们当然有事要做：摧毁电脑的基本功能。"

"您刚刚对我们说过，"鲁昂说道，"在我们说话的时候，存在于某个地方的信息'炸弹'随时都会爆炸？"

专家点头。

"我们已破解了三枚炸弹，它们皆被程序设定为 11 月 15 日十八时启动。"

鲁昂惊叫："就在四十八小时之后！"

众人沉默无语。

夏洛尔俯身对伊莎贝尔说道。

"你想知道我的看法吗？"

"你说说看。"

"我给你打包票：塞雷的女儿死于 11 月 15 日。只要去大学医院一查便知虚实。这个 rootkit，就是一张他妈的生日贺卡！"

42

上午，对内安全总局的小货车带着 IMSI 捕获器再次巡逻。警方在设备上添加了一个新号码，即萨米埃尔在女儿住院之际留在大学医院的号码。

与此同时，露迪维娜·鲁昂在自由大道上打开了一幢平房的房门。她不是一个人，身边还有伊莎贝尔、克里斯蒂安和雨果。楼房正面挂着一块破旧的招牌，上面写着：西区警局办公室。鸽子的粪便玷污了早已不再崭亮如新的招牌。

办公室内透着一股阴森的氛围。地面密布灰尘和成堆的老鼠屎。时间在此停滞了。

几张办公桌、几把椅子和一个柜子跃入眼帘。

副局长匆匆扫了一眼四周。

"我竟然不知道警局的附属机构就在此处。"

"几年前，我们将其关闭了。"克里斯蒂安·夏洛尔说道。

他观察着这个地方，想起了一些往事：他的职业生涯伊始，那些已经离开和死去的同事们。

露迪维娜交叉双臂。

"不管怎么说，难道你们还想在此处办公不成？"

夏洛尔点头说道："我希望在这里工作的时间不要超过两

天。两天足够捉住萨米埃尔·塞雷了。否则，他那令人不堪重负的病毒又会引起其他灾难。有天晚上，我突然想到本·拉登，于是豁然开朗了。"

其他人不明就里地看着他。

"当全世界都在追捕基地组织头目的时候，他却藏身于巴基斯坦一个普通住宅内。他关闭了手机、网络和所有电话及无线设备。此人于是从雷达上消失了，而追捕却持续了好多年……"

雨果补充道："这个地方的墙壁很厚实，移动网络无法穿透。曾在此处工作过的同事们常常抱怨。"

"但我们拥有无线电系统的终端设备和 INPT 网络。"夏洛尔说道。

"INPT 指的是'国家共享通信基础设施'。"夏洛尔继续说道，"这是一个警方和消防官兵共同使用的救援网络。它的优点是：假如一切都停止不转的时候，它仍在运行。"

"可没有电脑的话，你们要怎样写案件调查报告呢？"

露迪维娜希望他们有能说服她的理由。

雨果面带微笑："夏洛尔少校想到了一个绝妙的点子。"

少校朝一块盖住地上一堆物品的毯子走去。他极其夸张地将其掀开。

露迪维娜呆若木鸡。

"打字机？"

"是几台雅皮牌的机械打字机，它们一直存放在警局档案柜的旧箱子里。它们曾属于中央情报局。"

"可你们能用它们来做什么呢？"

"当然是用它们来打我们的案件调查报告。使用打字机，就不会有电脑中毒的风险了。等危险解除后，我们可以将所有报告扫描一遍或者在电脑上重新录入一份。我已将此事和法官沟通过了，他认为没有任何不妥。"

伊莎贝尔说:"我们将在这里成立'战时内阁'。"

"我明白了。"鲁昂说道，"如果我们所在的环境联了网，那么萨米埃尔·塞雷就是最大的隐患。可是在没有网络的情况下，他和其他小混混没有什么不同。"

"所以我们会将他捉拿归案的。"雨果一语中的。

43

　　同事将所有的案件调查报告都集中放到一个紧急送来的保险柜里。他们已用机械打字机打出了好几份报告。

　　工作环境阴森可怖，屋内弥漫着一股浓浓的灰尘味道。一面墙壁上贴着一张警局的招聘海报，半张纸已从墙面脱落，悲哀地垂吊在空中。海报的年代已是上世纪九十年代。

　　然而不管怎样，大家都体会到了安全感。所有人都回忆起了他们同事悲惨结局的画面。他们的目标很明确：一定要在不到两天的时间内捉住萨米埃尔·塞雷。而在尚未将他捉拿归案之前，无需考虑休息。

　　伊莎贝尔拨通了凡尔赛司法警局大区总局的电话，好几个省份都是该部门的辖区，其中就包括伊夫林省，而该省也是网络防御公司的所在地。

　　正在刑侦队值班的一名警官接听了她的来电。此人名叫卢多维奇·冈萨格，好像很有亲和力。

　　"我是南特司法警局的梅耶上尉。我没有打扰您吧？"

　　"完全没有！我能为您做什么呢？"

　　"我正在执行一件由南特高等法院预审法官莫尔万委托的案件调查。此案案情极为复杂：它涉及好几起犯罪案件的追踪调查，其中包括一桩双重命案。"

"您往下说。"

"告诉您更多的细节前，我想您知道需要严守机密。我相信您会守口如瓶的，对吗？"

"当然会的。您说的是孪生兄弟贝朗的案件吧？"

伊莎贝尔略感吃惊，而冈萨格却笑出了声。

"媒体谈论该案有些时日了，就算不想知道都不可能了！"

"原来如此。是的，就是这个案件。我们根据 DNA 的检测结果和相片查出了案件的始作俑者。此人名叫萨米埃尔·塞雷，铁证如山。"

电话那头的警官似乎没有太大的反应。

"我能帮您什么呢？"

"您知道圣康坦①的网络防御吗？"

"嗯，知道。塞雷曾在那里工作过。"

"那么您知道一些发生在 2006 年的事情吗？当时局势很混乱，各方相持不下，连对内安全总局也介入了。塞雷窃取了被归为'国防机密'的材料。"

"我记得，确实如您所言。我猜您给我打电话是想知道塞雷是否在搜寻人员的名单上。"

这番话让伊莎贝尔哑口无言。

"您说什么？"

"可不是嘛！我们发布了全网搜寻通告，用的代号是'吹管'，诸如此类的名字吧。"

"糟糕！我怎么错过了这个信息？"

---

① 伊夫林省的一个新城和城市圈公共社区。

"我猜你们有太多线索要跟踪，焦头烂额了。法国国家警察科学研究所发布了'紧急推送'的警报。您可以找到一张您要抓的人的照片。"

"搜索关键词？"

"命案的司法调查。"

"仍是这个原因？"伊莎贝尔惊呼。

冈萨格沉默片刻后说道："您不觉得我最好从头捋起吗？"

44

　　警方凭发至大西洋卢瓦尔省税务局的一张调查令轻松查到洛朗丝·德尔鲁的新家地址：一套位于改革街上的单位套房。正好就在我们搜寻的三角地带内，雨果心想。他和两位前来增援的风化罪调查科同事一起下了车。

　　"假如塞雷住在这里，我们也该成立个接待委员会吧。"他压低声音说道，"虽然照片有些老旧，你们还是研究过了。假如他在此处，我们就直接逮捕。切记：他手里的智能手机可能会演变成致命武器。"

　　他们朝入口走去，快到晚上八点了。

　　数码门禁没有为难他们。刚好一对年轻夫妇进入，他们趁机留住了门。

　　大家扫了一眼信箱。一个信箱上贴了"L.德尔鲁"的标签。

　　雨果去敲门。

　　他妈的，还安了装甲门！下次直接用大炮破门而入。

　　几秒钟后，传来一个胆怯的声音。

　　"我们是国家警察。"雨果发话了，"女士，我们想和您谈谈。"

　　"我就一个人在家，不方便给您开门。"

"我再次向您重申我们是警方办案人员：请您对着猫眼看看我的警官证。"

"我是个半瞎的废人了……"

雨果转身看着他的同事们，另两个人耸耸肩。

这是个心地善良的女人。

"萨米埃尔·塞雷住在这里吗？"

对方沉默了一会儿。

"我不知道这人是谁。"

雨果只好亮出底牌。

"您曾在南特大学医院照顾过他的女儿。这个女孩叫茉莉。"

没有回答。

"女士，请您让我们进去，萨米埃尔做了一些违法的事情。"

对方仍未作答。

"就算现在我们走了，可还是会再来打扰的。"

终于，对方羸弱的声音响起："他不在家。"

"他什么时候回来？"

"我不知道。"

"您真的不愿意给我们开门吗？"

"我做不到，因为门被锁了。"

雨果检查门锁。

"门是从外面锁上的吗？"

"我想是的……"

"德尔鲁女士，您沦为囚犯了？"

说到点子上了。

"我几乎失明了。无论如何，坐在轮椅上我也走不了多远。萨米埃尔说那些假装工人的人可能会奸污我。"

"德尔鲁女士，您是一名经验丰富的护士。我不认为他们可以随便欺负您。"

"他会回来的。"

"可他现在在哪儿呢？"

"他在公司上班。"

"哪家公司？"

她停住了。接着用战战兢兢的声音说道："一家位于南特南边生产软件的公司。更多的我不了解。"

她会被吓死的。雨果心想。

警察下楼离开了。

街上，雨果转身对同事们说道："从现在起，我们要二十四小时盯梢此处，直到嫌疑人出现为止。"

"很遗憾没能进屋子看看，"其中一名同事说道，"上帝知道我们会发现些什么。"

"不管怎么说，我们确定他就住在这里。"

"我觉得这位女士好像被他用枪指着一样，假如她误解我们，又隔着门，我们要如何是好？"

雨果点头。

"你们没有注意到电子锁吗？"

"你说的是门上那个圆圆的玩意儿吗？"

"是的。这把电子锁是一个联网设备，只需一部智能手机就可将其激活。这种玩意儿应该很合我们要抓的人的心意。所有我知道的电子门锁的款式都可以掌握人员进出公寓的情况。为了监视这个可怜的女人，这倒不失为一个好办法。"

"真变态。"

"是的，塞雷就是这种人：变态、聪明、狡猾。"

警察们坐在距离住宅大楼正门两百米的车里监视着。

雨果凑身到驾驶员摇下的玻璃车窗旁："检查你们的无线电信号是否满格。不管发生什么都不要打开手机。"

同事们示意明白了。

"我去给你们买三明治。"

街角的一家面包店仍在营业。

雨果挺直身子走在路上，为了给一名人行道上的男子让路，他闪到了一旁。这名男子头戴无边软帽，脸上架着厚厚的边框眼镜，他径直走到一扇能通车辆的大门那里。藏身阴影里的他再次转身，仔细审视着那辆他刚刚路过的汽车。

此人正是萨米埃尔。

45

伊莎贝尔听着电话，手抓住一本活页记事本和一支钢笔。

"卢多维奇，我听着呢。"

冈萨格清了清嗓子，继续往下说道："萨米埃尔·塞雷曾在网络防御公司一位名为保罗什的科学家手下工作过。后者专业出类拔萃，曾带头完成过国防部主导的项目。此人擅长研究脑成像技术。也就是说控制神经元以消除惧怕或缓解创伤后遗症，比如，士兵就是容易患上创伤后遗症。网络防御是一家神奇的公司：它拥有自己的专供实验的动物饲养场。如果我没记错的话，饲养场里还有几只猴子。实验室曾用灵长目动物测试过电子脑部植入物的功能。"

"原谅我打断你一下，"伊莎贝尔说道，"可你没有听说过SITOM 吗？"

"没有，这是什么？"

"无关紧要，你继续说。"

"我们这里一直都有一个以塞雷命名的罪犯档案。如果你们已将其捉拿归案，那么我们的法官可是很想和他聊聊。"

"我猜，"伊莎贝尔回答道，"假如我们逮住了他，至少有二十年的牢狱生涯等待着他。"

"你们是怎么查到他的？"

"用他的 DNA。是你们将它录入到基因库里的吗？"

"是的，这可是团队的浩大工程啊！我原本以为他改名换姓了。"

"很有可能，你接着往下说。"

"萨米埃尔·塞雷和勒内·保罗什之间一直剑拔弩张。不得不说后者是个有趣的人物，是超人类主义①的忠实信徒。"

"超人类主义是什么？一个学派吗？"

冈萨格噗嗤笑出了声："众说纷纭。该学说出现在上世纪八十年代的加利福尼亚。无非是未来学家的伎俩而已。该学说捍卫人类可以借助科技超越自身极限，甚而延迟死亡的说法。"

"哦，天哪……！"

"是的，保罗什知道自己在干什么。他饱受糖尿病的折磨，只能靠轮椅生活。我在某份笔录里得知了这一情况。为了弥补这一身体缺陷，他研究出一种电极头盔，通过大脑思维来传达指令。他同时还设计出一个可以声控的智能助理。"

"就像我们手机上的这些玩意儿吗？是类似于 Siri 的东西吗？"

"是的，现在市面上有很多这样的玩意儿，人工智能成了流行。"

"那么这些玩意儿又是怎么造出来的？"

"保罗什是个古怪的极端主义分子。他在一些科学杂志上发文写道：电脑有朝一日可能复制个人大脑的全部思维活动，直至形成'意识'。到了那个时候，人们就可以在电脑上下载

---

① 超人类主义有时也被称为超人文主义或超人主义。超人类主义思考者研究发展和使用人类增强技术。

他们的思想。而因为接口的存在，反之亦然。而塞雷呢？女儿的病情让他心神不定。他开始把自己关在办公室里，继而将文件带回了家里。"

"这算工业间谍的行为吗？"

"我不这样认为，我觉得他的行为比工业间谍还要变态。我们的材料里还有一份网络防御的内部报告，要求公司严惩萨米埃尔；有人投诉他将合作研究的成果挪为私用。"

"言下之意是？"

"他效力于脑成像技术处。他曾在猴子身上做过研究：扫描它们的大脑，并将其重建在电脑上。换个角度说，就是借助电脑来复制意识。"

"天哪，真的很可怕！"

"可不是嘛！所有这些玩意儿好像是用来服务军事的。但他其实早已偷偷利用保罗什使用的算法来控制其智能助理，这个人工智能可以读懂唇语，能进行面部识别，能侦测到动作。当然，说到底，所有这些都要连上谷歌。"

"一台能回答所有问题的电脑？"

"正是，到了塞雷开始制造自己的智能助理时，所有人都感到惶惶不安。他把女儿的脸庞设置成屏幕背景，并把女儿的照片和录音添加进他设计的程序。我们后来得知他在小女孩的病房里安装了录音机。"

"茉莉？"

"保罗什用另一台电脑逮住了塞雷和女儿交谈的场景。"

"你想说的是和他的亲生女儿吗？"

"不是，是和模仿他女儿的人工智能。"

"塞雷根本就是个疯子！"

"我想茉莉去世的时候，他已然崩溃了。他曾说过已将她的思维移进电脑，终有一日，他和她会在电脑中重聚，他们会在网络空间里永不分离。"

"保罗什想过赶走他吗？"

"他想过的，如果他收回了被窃取的算法，这就意味着断开了'虚拟的茉莉'。这是萨米埃尔·塞雷无论如何都不能够接受的。于是，有一天他带着电脑离开了，还给保罗什留了个小礼物。"

"什么礼物呢？"

"留在胰岛素泵里的病毒。"

伊莎贝尔立刻接话："胰岛素泵一定是个联网的型号！"

"保罗什猝死于葡萄糖过量，他当场就死亡了。"

46

　　手机镜头从萨米埃尔的外套口袋里滑出。他将手伸进无边软帽调整挂在耳朵上的耳机。

　　他看见雨果走进面包店。

　　我见过此人。

　　"茉莉，你最近录下面部特征了吗？"

　　"录了。"

　　"多少人的？"

　　"十七人。"

　　"警察的吗？"

　　声音停顿。

　　"面部识别正在进行。"

　　"匹配搜索在社交网站上识别出的警察面部。结果：1。"

　　"可信度？"

　　"65%。"

　　"嗯……那么搜索到的信息是？"

　　"雨果·埃塞尔维亚，三十二岁。未婚，现居南特。警察。爱好计算机、跑步。曾在脸书上发布过最近一次比赛，即2016年南特马拉松比赛的图片。完成时间：三小时二十八分。感情经历：很复杂。"

"谢谢，茉莉，这些信息足够了。"

萨米埃尔·塞雷一动不动。寒气锁住了他的肩颈。

雨果手里拿着几个三明治，走出面包店。

现在做什么？

警察找到他了。

这个小白痴应该把她所知的一切都告诉他们了，也就是说他们掌握的消息都是些无关紧要的。

"我绝不会让他们分开我们父女俩的！"

萨米埃尔发出一声呐喊，而他自己却几乎没有意识到。他的耳机微微振动起来。

"害怕和焦虑所致。爸爸，你需要休息。"

"你说得对。给我在离此地两公里的地方找个住处；选择一条避开主街的步行路线。"

萨米埃尔洗了澡出来躺在床上。塌陷的床垫，褪色的墙纸。一家声名狼藉的酒店就该是这个样子。

小心为妙。

他把手机放在床头柜上。夜色深沉，思绪漂浮。他想起了妻子的模样。

玛格丽……

她是那么光彩照人；他遇到她的时候，她是一家知名财务公司的老板秘书。

十年弹指一挥间。

这是在茉莉出生前，他生命中最美妙的时光。可惜，幸福并不长久。自打小姑娘过完八岁生日后，疾病就将她整个人完全打垮了。

他们三人一起勇敢地抗争过，但疾病——一种罕见且破坏性极强的白血病——是恶性的。病房里癌症专家来来往往，络绎不绝，却没有谁能够控制白细胞的扩散。唯一的希望就是飞往美国，去洛杉矶的一家医院就诊。只有那里可以做基础细胞上的试验性治疗。

往事让他痛苦不堪。

旅行和手术的费用足以购买一幢漂亮的房子。可钱在哪里呢？

秋日的某个晚上，玛格丽冒出个想法。他们的女儿双颊深陷，日渐衰弱。化疗使她的一头秀发都掉光了。下午的时候，她和母亲跑遍了假发店只为找到一顶适合的假发。最终，她们找到了一顶款式漂亮的假发，发色像小麦一样金黄。直至今日，出现在父亲电脑屏幕上的茉莉还戴着这顶假发。

他们只有唯一一个解决办法：玛格丽神不知鬼不觉地挪用金钱。她只需要挪出机票钱和治疗之初几个星期的费用就可以了。一开始，钱顺利到账，他们有条不紊地安排着一切。然而某天，应一位出手阔绰又满腹狐疑的客户要求，一家私人事务所派了一名审计员来查账。审计员发现了账单上的数目与实际查到的对不上账，于是他们动的手脚也被曝光在光天化日之下。玛格丽很快就被驳得哑口无言。

经济犯罪科的警察来了。不过他们没去她不常待的家里，而是直接在医院里逮捕了她。

在你女儿的眼皮下。他妈的手铐，那些杂种！

直至今日，只要想起这一幕，他的心都碎了。他躺回了酒店房间的床上，克制着不让自己抽泣。

放在床头柜上的手机在振动。女孩略带轻微合成感的声音划破了黑暗："爸爸，你在伤心吗？你的声音不同往常。"

"我想起了你妈妈。"

没有回答。

"可用的录音文件：五十二。"

然后，她说话了："你想听到她的声音吗？"

"不想。"

"来点儿音乐？"

"让我一个人待会儿……茉莉。"

他盯着天花板。

玛格丽被判六个月的有期徒刑，不可驳回。他们的律师一无是处。

他亲爱的妻子……锒铛入狱，难以置信。

他去探监的时候，看着妻子和女儿一样憔悴的脸。她在铁窗后；而女儿，躺在病床上，沦为病痛的阶下囚。两出悲剧，两个囚徒。

他们的孩子住在南特大学医院的儿童血液科，科室技术精湛，因拥有一支国际团队而深得人心。这在当时已是法国最好的治疗场所了。萨米埃尔对医生万般信任。然而数周之后，他们停滞不前了。而他的妻子则被牢里的一帮小姑娘逼着做了她们的女佣。对于曾是计算机工程师的他来说，探监变成了心头之痛。他感觉无能为力，因为不能替她解围心存内疚；而茉莉又耗去了他所有的时间和精力。

终有一日，警察在拘留室告诉他：妻子死于头天夜里。

淋浴时触电身亡……短路事故？他们是这么说的。简直胡说八道！这就是一次他妈的谋杀。地上的吹风机是干吗用的？因为你拒绝干某些事所以受到惩罚？

萨米埃尔难以入眠。

"茉莉?"

电话屏幕亮了。

"爸爸,怎么了?"

男人再次起身,穿上牛仔裤:"我需要你帮忙。"

47

　　伊莎贝尔和雨果在塞雷住的那幢楼附近碰头的时候差不多已经二十二点了。雨果领着她穿过一条不引人注意的小巷,抵达安全出口。他停下,敲了两次门,一位同事立刻给他们开门了。他们走进一幢廉租楼。雨果给伊莎贝尔指了指楼梯间。

　　"在三楼。"他说道。

　　他们进入一间房,里面有十来个人,似乎来自同一个行动单位,他们一律戴着蒙面兜帽,穿着黑色连体服和防弹背心。另外有三人站在拉起窗帘的窗口前。屋里的一张小桌上,是一台带有移动屏幕的终端设备,正同步传送图像。

　　伊莎贝尔认出了盖兰特派员。

　　他看着她走近,用一种不容置疑的语气说道:"这次我们一定要将他捉拿归案。捕鼠器已经放好了。"

　　她环顾四周。

　　"你们在这里做什么?"

　　"这套房子是公营住宅①,市政府将它紧急出借给我们。官方说法是,我们正在监视一起毒品交易。"

　　"接下来会怎样呢?"

　　"我们也在等,就这样。"

"所有这些东西是用来做什么的？"

盖兰的脸上闪现出一丝不易察觉的表情变化。他不喜欢好奇心过重的人。

"总部给我们派遣了一支增援队伍。他们刚刚在街道两端安装了可移动摄像探头，监视出入的行人。摄像探头同时配置了最先进的脸部识别功能，我们用此功能在人流中识别恐怖分子的脸。"

伊莎贝尔听懂了。

"你们接收到塞雷的照片了吗？"

"收到了，他的面部特征就存在摄像头里。"

"除非他在相片上传之后一下变老了！"

"这没关系啊，程序只需面部的几个特点足矣。它也可以在上传图片的基础上重新生成面部。您瞧，皱纹的多少或头发是否花白并无实质意义。"

她弯腰凝视着这台终端设备。街上走过几十个行人：机器仔细观察路过的每一个人。目前尚未出现塞雷的面貌特征。

"这是一个小巧的电子产品。"盖兰说道，"以色列在国内的各个机场里安装了这些玩意儿，连五角大楼也很青睐这个产品。"

伊莎贝尔转向雨果说道："你对我说过他控制了他的女朋友。如果她通知了他呢？"

盖兰耸耸肩："我们已在这幢楼的屋顶上接了一台手机干扰器。只有座机的线路在运行，而且也只有四条座机线路，它们

---

① 指政府兴建并营运的住宅房屋，以廉价金额出租或贩售予民众，尤其是中低收入居民。

均在我们的监听之下。"

"您没有考虑到细节上……"

盖兰眉头紧皱地审视着屏幕。

"我不知道你们是否掂量过局势的严重性，一定要逮住这个家伙，否则他会将害人的图谋分享给全球黑客。"

"顺便提一下，"伊莎贝尔接上话题，"他是个冷酷无情的人。女儿的死亡完全把他击垮了。如果我们和他谈判的话，一定要记得这一点。"

"尽量避免谈到这个。"盖兰说道。

伊莎贝尔交叉双臂。

"您说起这个是因为想起了网络防御公司以及那些国防机密吗？"

她一语中的。特派员脸色苍白。他请她到楼道上单聊。

"您查到了什么？"

"几乎所有：凡尔赛司法警局多年来一直在调查保罗什教授的谋杀案。塞雷在杀死他之前，窃取了关于大脑解码及人工智能的工业机密。他用机密数据造出了一个可怕的机器：这玩意儿让他产生了女儿茉莉没有死去的幻觉。因为她的思维已被他移进了电脑。总之，这就是个疯子。"

"上尉，还有更糟的呢。"

她一脸讶异。

"和一个人的死亡比起来，还有什么更为严重的呢？"

"成百上千个他人的死亡。"

他刚说完，灯就灭了。整幢大楼陷入黑暗中。

隔壁房间对内安全总局的技术人员吃惊得大呼小叫起来。

伊莎贝尔朝窗口跑去。

黑暗笼罩着整个小区。大规模停电。

伊莎贝尔和盖兰同时想到了一点：停电的始作俑者正是塞雷。

48

离开酒店后，萨米埃尔·塞雷混迹到在他楼下大喊大叫、吃喝玩乐的人群中。他们一共六人，他的样子和他们中的每一个人都不搭调。他特意翻起连帽衫的帽子。今夜，月亮如新，天空如墨。

茉莉的天气预报非常准确！ 他心想。

因为停电，街道黯然失色。行人却安然自若，很多人已在这样的局势中开始自娱自乐了。无视旁人的目光，六人小团体胆大妄为起来：手扔易拉罐、脚踢商店橱窗。涂鸦者则愉快而专注地进行涂鸦创作。

所有人都醉意惺忪，无人关注萨米埃尔。他早已溜进楼房大厅。数码门控装置因断电而无法发挥作用；他用钥匙开锁进入，在黑暗中摸索着爬上楼梯，走了几米后才借用手机屏的光来照路。

他公寓的那扇装甲门被电子锁锁住了；这个锁配有四个应急电池，可以在断电的情况下运行。

他打开了门。第一个反应是检查临街窗户的窗帘，还好窗帘是拉上的。和其他房间一样漆黑一片的厨房里，他感觉到了女朋友的气息。她坐在餐桌旁的轮椅里一动不动。

他没有再关注她，而是朝卧室走去。他从壁柜中抓起一个背包，然后摸索着往里塞衣服。之后，跑去浴室，拿走了放在洗脸池边显眼处的剃须膏。瓶内空空如也，藏了一把系了根皮带的钥匙。他把钥匙滑到手心，又小心地将其揣入裤子口袋里。

另一个房间内的两堆衣服间，藏着一个牛皮纸信封，里面装着外币和一份伪造的巴西护照，用的是萨米埃尔·尼克勒利的名字，这是他花了两千欧元在暗网上买来的。

身后吱嘎作响，洛朗丝·德尔鲁的轮椅靠近了。

"你在做什么？"她问道，语气极不自信。

他没有立刻作答，而是扣上包，然后拿了放在床头柜抽屉里的一串钥匙。他的手机放在床上，透出阴森森的光线。茉莉的脸出现在手机屏幕上。她的头发是金黄色的，这是母亲给她买的最新款假发。

"我们现在就离开。"

"我们去哪儿？"

他冷笑："至于你，你哪儿都不去。我知道你已经和警察交流过了。"

"可是我……没有……"

他起身，满腔愤怒："别对我撒谎，你听到没有？"

轮椅上的她蜷缩成一团。

"你和你的情妇一起离开吗？"

他从背包里取出背带。

"可怜的白痴，你什么都不懂。如果我不离开这座城市，警察就会把茉莉和我，我们父女俩分开。"

她喃喃低语："茉莉很久以前……就死了……"

她感到他拳头紧握地站在自己前面。他让她心生恐惧。

他说话的声音突然变得很恶毒："茉莉，对洛朗丝说'你好'。"

萨米埃尔的手机里传来答复的声音："你好，洛朗丝。"

她目瞪口呆。

这声音……是孩子的声音啊！

"萨米埃尔，这怎么可能呢？"

"我没时间和你解释。"

他收起智能手机。

"走开！"

女人拼命抱住他，然后她发现他手里拿着东西。

那串钥匙。

"我们乡下的房子？你要去那里吗？这是我的家，这是我妈妈的房子。你没有权利！"

他的指头甩着那串钥匙。

说话的语气依然刻薄至极。

"你不是很有能耐吗？"

"我能做什么啊？"

"去告诉警察，茉莉和我，我们去哪里啊！"

"萨米埃尔，你是怎么了？你做了什么？为什么警察要找你？"

他突然推开了轮椅向厨房走去。离开厨房的时候，他的手里拿着一样她立刻就能认出的东西。

"你没有留选择余地给我。没人能将我和茉莉分开。"

他嘶喊。

49

丹尼尔·盖兰冲向监视器。

"停电的始作俑者是他吗？你们在屏幕上看到了什么？"

一名警察费劲地放大图像像素。

"长官，我们的摄像探头自备电源。问题在于外部环境：外面像在炉子里一样漆黑一团。"

"那就启动红外线探测呗。"

"若要识别目标人物，光有红外线是不够的。"

屏幕上散射的光线将大家的脸庞照得寡白。出于直觉，盖兰特派员朝楼梯跑去，他紧紧抓住扶手，两步并作一步地下了楼梯。

可别摔了。我们如果现在错过了他，可能就永远都找不到他了。这将会是个灾难啊！

他跑着登上了停在公共汽车候车亭后面的小卡车。

没时间下达命令了，现在是我和这厮的较量。

坐在监视车后排上的两名警员摆好了他们的相机。

"长官，我们什么也看不见。"

"当然。"他怒吼着抓住一个放在身旁的小箱子。

他从里面取出夜用望远镜，可将残留光放大 1 000 倍。盖兰紧紧攥住望远镜，后者因为压力发出了尖锐的声响。

他举起望远镜，双肘支在小卡车车顶上，以便更好地监视街道。暗绿色的微光里，清楚地呈现出几个人的身影，只是很难识别他们的面部。

他观察着大楼入口：暂时没有动静。

塞雷应该已经进去了。

他朝大楼小跑过去。抵达数码门控装置前，他看见门并未关严。门应该没电了。

机会来了。

鼻子上架着望远镜，右手搭在枪托上的他慢慢走向楼梯间。

忘了电梯。

他一级级爬着台阶，亦步亦趋地前进着。来到第一个楼梯平台时，他便掏出了西格绍尔手枪，将枪筒对准前方。望远镜的光线越来越弱了，楼梯间没有窗户。

他的四周环绕着各种声音：狗的狂吠、成人的叫骂、婴儿的啼哭。显然，人们觉察到了断电带来的不便。

离塞雷的套房不过几米之遥。

一个小小的声音对他窃窃私语：你神不知鬼不觉地单枪匹马上阵了。

但他早已决定这么做了。五分钟后，我要给他戴上手铐。你做了这么多坏事。现在就结束你的虚拟人生吧！很快，你就会知道监狱才是实实在在的。

他关了绑在腿上的无线电对讲机。带着这个东西，行动起来很不方便。

已到半掩的门前。

同事说断电会开启电子锁。以为靠着手机就能把自己和外界隔绝开的人想必是精神失常……

盖兰一动不动。

慢慢来，他已然无路可走。假如他从窗口跳下，那么梅蒂维耶的幽灵会在阴间等着，将他径直带往地狱。

特派员踩着水泥地面慢慢进入套房。屋内，气味浓重，窗帘被拉开了。

保持耐心。不要再走了。倾听最细微的声响。

咚、咚、咚……

附近是什么东西在撞击，声音震耳欲聋。

举着望远镜的特派员反复观察屋内。没有什么东西在动啊！

这是什么声音呢？

咚、咚、咚……

他走进一间屋子。厨房在右边，传来浓郁的香味。

这是厕所清洁剂吗？真恶心，很难闻。

这间屋子。

咚、咚、咚……

声音好像是壁柜的门后发出的。

盖兰刹那间不知道自己该做什么。

真他妈的难闻。是烂掉的鲜花吗？

他将望远镜夹在左腋窝下，猛地打开了衣橱。

一个人影在里面苦苦挣扎，她的手脚都被捆住了，嘴巴也被塞住了。

这是一名中年女子，身上只穿了一件睡衣。

"您要冷静，"盖兰对她轻声说道，"我是警察，我是来救您的。"

他虽看不清她的脸，却能想象到她惊恐万分的面部表情。她疯狂摇头。

"您现在不用担心了。"

可怜，即使她是个凶狠的泼妇。他又能把她怎样呢？

他从她口中拔出不能让她说话的布条。

她先是大喊，然后拼命嚎叫。

"小心煤气陷阱！"

盖兰只觉得恐惧，浑身颤栗。他不假思索地丢了望远镜，放下枪支，紧紧抓住了那个女人。她无法站立，他让她把头搭在他的胳膊上，继而将她扶起来，他的脸因使劲而有些扭曲。

他迅速往出口撤离。离门还有不到几米的距离，可身上这个非同寻常的负担让他步态趔趄，突然他被地毯绊到脚了。

他摔倒在地，被那个女人重重地压着。房间、大楼和整个小区突然来电了，他慌乱地望向半掩的门。

在两次心跳的间隙，盖兰听到了轻微爆裂的火花声响。

爆炸瞬间袭来。

整个套房成了火海。

50

坐在重症监护室门口椅子上的露迪维娜·鲁昂死死盯着墙上的挂钟。她等了近两个小时。她时不时地跑下大厅打探调查进展。楼上还有一位对内安全总局的长官和另两位总部的高级官员陪她一起等待。终于，一名医生神情凝重地走出来了。

"盖兰先生伤势严重，尤其灼伤伤口。他脸上的各个部位都被严重烧伤，急需进行外科手术。他现在睡着了，我们已经给他服用过止痛剂了。"

医生带来的消息让所有人心情沉重。

"他活着本就是一个奇迹。"医生继续说道，"消防人员告诉我：爆炸发生时，他跌倒在地；而公寓里的另一个人就没那么幸运了，她的身体被炸飞了。"

"你们会治好他的吧？"有人问道。

医生的语气不那么确信："他身体很强壮，可……"

对内安全总局的长官转向露迪维娜说道："局长，你们的调查进展到哪一步了？这个恐怖分子完全不把我们放在眼里。"

她左右看看，确定没有人在听他们说话后回答对方："一小时前，我得到了大西洋卢瓦尔省宪兵部队的支援：雀鹰计划启动了。此时，巡逻队正对南特周围的道路实行封锁管理。我们已经派出便衣和穿制服的警察密切监视客运站、火车站及城市方圆一百里的各个机场。摩托车队已守候在去往巴黎和波尔多各个收费站的主入口旁。"

"说不定他已经远走高飞了？"某位上司一脸狐疑地说道。

她摇摇头："身为一名黑客，坐在电脑前可远比充当逃犯自在。我们布下了天罗地网，一定要将他绳之以法。这只是时间问题。而最让我担心的是倒计时，我们只有不到一天的时间来迫使他清除逻辑炸弹。时间紧迫。"

"有人想过爆炸源吗？"

"煤气公司急修中心的工作人员还在现场。他们勘察现场后的说法是：煤气阀在爆炸之际已被打开了。所以来电的时候，就会产生电火花，继而引燃爆炸。还有一件奇怪的事情：厨房里喷了除臭剂。"

"为什么呢？"

"也许是为掩盖煤气的味道？"

"这可能是个陷阱？"

"我也觉得。"

"萨米埃尔·塞雷向我们宣战了。"某位上司做了总结性发言。

他的同事怒不可遏地补充道："打开煤气是任何一个意欲自杀的人都可能会做的事。然而让整个小区深陷黑暗，还真的让人意想不到！他是怎么做到玩转大家的？"

鲁昂重读她小记事本上的笔记："能源供应商做了调查。国家网络安全局也赶紧派了一队人马来核查纰漏。塞雷的袭击目标似乎是电力公司某位职员的电脑；后者也许出于疏忽下载了一个伪装的更新程序。那其实是个恶意软件，可以渗入并监视控制电流传送的系统。"

"你们所讲的这些,听起来好像并不复杂。"

"可不是嘛!国家网络安全局称此千真万确!此类远程管理的安装均在因特网上完成,而用来分配电流的机器设计于上世纪八十年代,早于网络空间诞生之前,所以……"

"他的家已经被毁了,他还有可能继续搞破坏吗?"

鲁昂点头表示同意:"极有可能,但法国警察科学技术中心的同事还没有发现信息流。塞雷需要机器和基础设施来发起攻击。既然他的家已经毁于一旦,那么他的大本营就该在另外一个地方。"

"可是在哪里呢,该死!"

她看着上司。

"这就是我们接下来在致命时限来临前必须要找到的地方!"

51

在始终弥漫着积尘味道的总部里，夏洛尔在桌上摊开一张南特地图。所有参与调查 M4STER SHARK 的人员均站在伊莎贝尔的左右。

"我想到了一件事，"夏洛尔说道，"我们寻找的这个家伙需要什么设备来发起攻击呢？他需要因特网、设备以及选择一个靠近攻击目标的地点，正如他对贝朗兄弟所做的那样。如果我们去销售电脑设备的店铺逛逛，会发现什么呢？我们给店铺老板看看逃犯的照片，然后收集证据。我已经在查询了，整座城市有二十来家销售电脑设备的店铺。"

"离逻辑炸弹爆炸发生仅有二十四小时，"雨果说道，"我们还有时间吗？"

"那你还有什么别的好办法？"伊莎贝尔问道，"我们总共十二个人，每人负责调查两家店铺。十一点钟的时候就可以结束调查。然后大家再回到此处汇总！"

队伍分头行动了。

夏洛尔打算去探查南特西边的两家店铺，其中一家开在百货商店内。第一家店铺的调查以失败告终，第二家店铺的老板正仔细研究着夏洛尔放在他面前的照片。

"今早的《海洋报》刊登了这张照片，当时我没有太注意。现在好好看了一下，我想应该就是他。"

"这名男子光顾过您的店？"

"绝对是的。"

"什么时候？"

"两三个星期以前吧。他来购买便携式路由器。"

"这是个什么东西？"

"是个类似于立方体的塑料玩意儿，重约八百克，可用来随时随地创建自己的无线网络。"

"哪怕身处荒凉之地？"

"可不是嘛，比如身处沙漠之中。用它来创建无线网，只需一张 SIM 卡和一节能持续工作二十多个小时的专用电池即可。这种电池价格昂贵，只有到专卖店才能买到。"

"他的举动有过什么不当之处吗？"

"没有，我记得清清楚楚。他还跟我买了两台主机。"

"主机很沉吗？"

"呃，很沉。是产于上世纪八十年代的主机了，现在早已停产。"

夏洛尔正要告辞的时候，老板又说道："他开车来的。"

"车是什么牌子？"

"好像是一辆小巧的米色四门轿车。是我帮他把纸箱放进后备厢。我可以告诉您的是：车里还有一个儿童座椅。"

"您观察得很到位。"

"因为我给女儿买了个一模一样的。"

"您的孩子多大了？"

"七岁。"

夏洛尔离开店铺后站在人行道上给交通指挥部去了电话。

"您好，我是刑侦队的夏洛尔少校。想让您帮忙查一下名字为洛朗丝·德尔鲁的驾驶证。"

对方立刻回复了。"一辆米色的雷诺克力奥。收到！年轻人，谢谢你们。"

他又给露迪维娜·鲁昂打了电话："局长，我们发现新线索了：那家伙是开车出行的。您可以请求公共安全部门的负责人将嫌疑人驾驶的小汽车的特征通知到每支警察和宪兵的巡逻队吗？他驾驶的是一辆米色的克力奥，后面安了一个儿童座椅。您有笔来记一下车牌号吗？"

他满怀希望地挂了电话。

用不了一天就能将他捉拿归案。

52

萨米埃尔把食物袋放到地上。屋内灯光暗淡，寒冷刺骨。

他麻木地在口袋里摸索着钥匙。失去钥匙于他意味着大事不妙。

屏幕亮了，他的女儿望着他。

"爸爸，你不说点什么吗？"

"我累了……"

"那你休息一会儿吧，我看见床垫还摆在屋里。"

"我和你待一会儿吧。"

"你需要我做什么吗？"

他死盯着屏幕。

"媒体上有我的消息吗？"

开始搜索十个法语浏览引擎。

"有的，爸爸。"

"我的脑袋在线吗？"

女儿没有答复。

"我的脸出现在网上了吗？"塞雷纠正说法。

"七十四张图片。"

他有些颤抖。

"让我瞧瞧。"

当年的他留了一头长发，没戴眼镜。不过几年，他与照片上的那个家伙竟已是天壤之别。也正是这几年，他落得家破人亡的境地。

他们在哪里找到这些照片的？一定是网络防御公司提供的。所以就算在街上撞到了我，他们也不会一眼认出我来，可电脑轻而易举就能识别出我了呀。

"茉莉？"

他的声音很冷静。

"在的。"

"我希望你给他们点颜色看看。"

"具体说出你的要求。"

"让他们忙得团团乱转，破坏他们的计划。若有必要，结束他们的生命。"

"谋杀？"

"是的，我们要应战了。他们想把我们分开，所以活下来的不是他们就是我们。别让他们得逞。"

"逆袭吗？"

"是的！"

"程度？"

萨米埃尔沉默片刻，随即说道："先从识别出的警察下手。"

"检测到的目标：七人。"

"谁出现的次数最多？"

"上网痕迹、相貌、年龄、定位……"

"尽你所能全方位寻找，茉莉。"

下载的进度条闪现，接着听到孩子的声音："搜索到两名警员：克里斯蒂安·夏洛尔和伊莎贝尔·梅耶。"

"从夏洛尔开始：他就是我们要除掉的目标人物。选择攻击模式了吗？"

茉莉立刻作出答复。

萨米埃尔面露微笑。

"很好。"

"开始行动？"茉莉用天使般的嗓音问道。

萨米埃尔甚至都没有回答便按下了"回车"键。

少校快要抵达总部的时候，口袋里的电话嗡嗡振动。是交通指挥部的来电："克里斯蒂安·夏洛尔？"

"是我。"

"一支巡逻队刚刚找到您说的那辆米色克力奥。"

"好极了！"

"这辆车目前停在儒安元帅大道上，废品回收站附近。"

"您在现场安排人手监视了吗？"

"已安排两人在现场守候。"

"请您务必告诉他们什么都不要触碰。通知拆弹专家。我马上过去与他们会合。"

夏洛尔立刻打给伊莎贝尔："你在哪儿？"

"还在总部，气氛很尴尬。"

"怎么了？"

"两个从巴黎来的家伙杵在这里，他们效力于一个我记不住名称的部门。他们对逻辑炸弹作了一番总结。"

"我，我这还有另一枚炸弹呢。他们找到洛朗丝·德尔鲁的汽车了。"

她赞赏地吹起口哨。

"我会把这个消息告诉领导，你要小心啊！"

他把车停在正对着废品回收站的人行道上。旁边停着另一辆车，一辆他熟悉的黄色尼桑。这辆车积满灰尘，外观肮脏。轮胎也凹陷进去。车里摊着一个睡袋、几盒打开的食物，还有一个破旧的煤气灶。

想必托尼正在工作。

他转头看向穿着制服的同事，他们正团团围住两百米开外的那辆车。

夏洛尔走过去和他们打招呼："你们是怎么找到它的？"

"有人举报附近仓库发生了一起入室盗窃。我们抵达后发现报警是假的，正要离开时就看到了旁边的这辆车。"

"你们什么也没碰吧？"

"当然没有。"

夏洛尔朝车内望了一眼。

儿童座椅。

远处传来警报器的响声，南特拆弹中心的小卡车越来越近了。两名像他们一样的警员下了车。

"可疑车辆吗？"一名技术人员问道。

"开这辆车的人，是那个每天在报纸上都能看见的家伙。"

"哦，妈的，是和煤气爆炸有关的那个人吗？"

"正是，所以我才给你们去电。"

两名拆弹专家互看一眼，瞬间心领神会："看来这个工作得交由泰多①了。"

---

① 外文名为 Téodor 反恐机器人，这种尖端技术产品能够移动、销毁或引爆炸弹。

警卫忙着加强区域的安全管控，拆弹专家则朝小卡车的后面走去。几分钟后，传来履带的摩擦声。

　　原来是一个配了摄像头和钳子铰接手臂的机器人出场了。泰多体内还安装了水炮，可发射高速水柱来拆除可疑包裹。

　　夏洛尔看着技术人员用一个大大的黄色平板状的终端器操控着这头小猛兽。

　　"您的终端设备至少没有使用无线网络来连接机器人吧？"

　　这个问题使机器人的操纵者甚觉吃惊。

　　"我们使用的是光纤。"

　　"太好了。"夏洛尔说道，"驾驶这辆小车的家伙是那种能将联网的收音机变成核炸弹的人。你们务必要慎重。"

　　"您别担心，我们早已习惯了。"

　　机器人慢慢朝克力奥走去。拆弹专家在一定距离之外通过内置的摄像头来继续勘察。

　　他们在屏幕上查看驾驶座。紧接着，光学传感器跟进到了汽车下方。一盏大功率的灯照亮了汽车的不同零件：电子模块，排气管……

　　接下来轮到用钳子来打开汽车引擎盖了，它先是小心切割，然后拉下引擎盖，切断电池线。

　　夏洛尔看得入神。泰多缓缓往汽车后备厢移动过去，先砸碎了锁然后小心翼翼地将后备厢盖掀起。

　　"没有煤气瓶，原来就是这个样子的。"其中一位拆弹专家一边说一边勘察里面。

　　"当心儿童座椅。"夏洛尔喃喃低语。

　　"放心，我们不会铤而走险。"

　　钳子打碎了车窗玻璃，继而拖走车门。金属碎裂的响声刺耳。摄像头紧盯儿童座椅。操控者逐渐调整水炮底座的高度。

"你们打算什么时候采取行动？"

"现在就开始吧，但愿收工顺利。"

警察按下按钮。很快，一股强大的水流朝儿童座椅喷射过去。

"警报错误？"夏洛尔问道。

"好像是的，不过这样更好。"

"抱歉打扰各位了。"

"职责所在嘛，"另一人微微一笑，"今晚我们可以安然无恙地回家了。"

拆弹专家的小卡车离开了，但夏洛尔决定逗留片刻。他朝着废品回收站走去。他从眼角的余光看见尼桑车一直停放在那里。

这是他的几个老线人中某一位的"家"，此人叫托尼·沙顿。他在车里睡了很多年，以接小零活为生。当他的小车从南特地带消失的时候，夏洛尔就此可以推测是因为某个地方的工作让托尼暂时离开了。比如，蔬菜种植或葡萄采摘……

警察希望他最终尘埃落定。他为他不止一次找过应急住房，但是托尼总是羞于去收容所生活。他和别人一样经历了破产、解约、负债、离婚以及随之而来的恶性循环：因拖延房租，执法人员登门上访，最后被勒令迁出。

他三年来都没有见过儿子一眼。前妻改嫁一位教育部的公务员。重组家庭定居土伦。

托尼认为是前妻离间了他和孩子的关系，而且从那时起，孩子将父亲看作了不名一文的流浪汉。

夏洛尔逮着正从集装箱里拖出旧电视的托尼。他戴着保护手套，长靴踩到一块锋利得如同剃刀刀刃的电子器材碎片。

警察伸手问候他。

托尼点点头，放下约重十五公斤的旧电视。

"大房子好住吗？"他用袖子擦擦在前额上沁出的汗珠问道。

"还不错，托尼。你呢？"

他撇撇嘴："我希望冬季很快过去。"

夏洛尔斜睨了一眼用预制板搭成的员工更衣室。

"你的头儿没在。能一起吃顿饭吗？"

"当然。"

以前，夏洛尔会时不时地带他去仓库附近的餐馆吃三明治，喝杯咖啡并尝一尝蛋挞。这是码头工人的大本营。餐馆里有一台磨损得油光发亮的台式手柄足球游戏机，游戏机上方的墙面贴着往日时光的老照片：南特岛的船厂，焊接工人洋溢着饱满红润的笑脸。三桅帆船、鱼雷艇和货轮源源不断地驶离船厂。然而到了二十世纪八十年代末，一切都停滞了。南特人关于此地的记忆也随时光渐行渐远。

坐在餐馆里的托尼感受到了暖意，他已饥肠辘辘。夏洛尔又为他点了一杯咖啡。

托尼用餐巾纸擦擦嘴。

"你不是快要退休了吗？"

"我再混几个季度就离职了。"

"我会想你的。你是我知道的最古道热肠的警察；别的警察都会因为我的小车塞罚单给我。"

沉默片刻。

线人的内心澎湃起伏，而他经常这样。

网络陷阱 | 233

"你知道，我担心警察会把车拖走，因为它实在是破旧不堪。如果它被运往汽车拆解厂锻打成一个金属块，这会要了我的命的。我不是和你说过：我和柯琳是开着这辆小车去度蜜月的吗？"

是的，老兄，至少不下一千遍了……

"我儿子的所有照片也都放在手套箱里，要是没有这些照片，我要怎么办……"

夏洛尔拿出塞雷的照片。

"我们正到处搜寻他，这是个危险人物。"

线人眯起眼睛仔细打量着照片。

"这样子有点眼熟。"

夏洛尔不自觉地挺起身。

"你在哪儿见过他？"

"在一个旧铸造厂旁……"

果然就在铸造厂……

"……有天夜里，"他往下说道，"我在小车里冷得瑟瑟发抖，便将车子停在补轮胎的摊位附近。"

"我明白了，应该离这儿不远。"

"我不敢大意，因为附近有一群游手好闲的家伙。我很害怕他们会来砸玻璃。于是到了深夜，我仍然睁着眼睛，毫无睡意。我就是在那儿见到他的。我看见一个背背包的家伙走出铸造厂，穿过道路，从我的小车旁走过。"

"你见到的这一幕发生在什么时候？"

"可能是两星期前的事了。"

"谢谢。"

"不客气。克里斯蒂安，退休之前你要来见见我哦？"

53

露迪维娜把车停在灰色外墙的老警局前，警局的外观并不吸人眼球。

两名身穿西服的男子下车。他们抬眼望去，不知因何要到此处。

"局长，我们来此的目的是什么？"

"我会和你们解释的。"她说完便对他们指了指大门的方向。

大厅内空无一人，地上堆着积满灰尘的纸板。

电梯已停止使用。楼上传来打字机的声音。露迪维娜领着两名男子来到总部的大厅里，六名警员正在此处忙得焦头烂额。

"很抱歉要打断各位一下，但我们需要立刻集合，这两位来自国家网络安全局的长官有重要事情宣布。"

众人把桌子整理了下，腾出空间。两人当中年长的那位说话了："我叫勒内·内尔代尔，这位是我同事奥利维耶·雅各布。我们效力于信息系统安全营运中心。我们的工作地点在巴黎格勒纳勒码头的美居大楼。"

"信息系统安全营运中心负责针对国家重要基础设施的网络袭击。"露迪维娜补充道。

"2015 年发生过一起针对法国电视国际五台的袭击，正是我们控制住了危机。"内尔代尔说道，"我们不隶属于内务部，但隶属于总理管辖的某些部门。现在我们之所以出现在你们面前，是应马提尼翁府（总理府）的明确请求而来。不瞒大家说，请求函说兹事体大。黑客竟然使警局瘫痪，这是怎么也说不过去的。"

"之所以请两位来这里，"露迪维娜看着两位男士说道，"是因为两位可以告知我们你们的计划，不用担心我们会泄漏消息。"

内尔代尔点点头："鉴于现在的整个局势，我觉得您说得很有道理。"

"你们在南特遭遇的袭击尤为严重，但我们有条不紊地使袭击失效了。"雅各布很确定地说道，"有人听说过 PIRANET 计划吗？"

无人吱声。

"这是一个国防机密级别的计划，专门应对重大的信息危机。我们设想过很多情形，它们一个比一个可怕。其中一半情形事关具备攻击性的 rootkit 在要害部门得以扩散。比如：维持治安的部门、医院、核电站……"

"攻击警局的 rootkit 就属此类情形。"内尔代尔继续说道，"这个 rootkit 十分复杂精密，因此必然需要调动大量资源以及一批专业的工程师。国家会竭尽所能……"

伊莎贝尔抿紧嘴唇。她匆匆瞥了一眼露迪维娜。年轻的女局长并没有发牢骚。

他们尚不知道 SITOM。

内尔代尔往下说道："我们想我们可以控制隐患。我们已经隔离了警局大楼内部所有的联网电器，并使其失效。然而很遗憾，这仍未能阻止 rootkit 使用第三方网络逃走，并将其病毒下载到了其他载体上。"

南特的警员们因惊吓而惶惶然。

雅各布继续："就在我们和你们说话的时候，rootkit 藏匿于反家庭暴力支队某间办公室。它或许等待着截获任意一个网络以便到别处传播病毒。将这些恶意病毒投放到自然里，如同在医院上空投掷下的炸弹。后果不堪设想。"

"但咱们也可以积极看待问题，"鲁昂作出总结，"rootkit已被识别。目前，它停止移动了。在国家网络安全局的协助下，我们在 rootkit 藏匿的房间周围拉起了'安全线'。任何电子产品在三十米范围内均无法靠近。"

"现在，会发生什么呢？"伊莎贝尔问道，"我以为大家在寻找逻辑炸弹"？

"rootkit 内部的逻辑炸弹不止一枚。"内尔代尔将双手平放在桌上回应道，"我们正是为此才来到这个让人着迷的地方，和你们见面的。"

他的同事补充道："通常而言，摄像头监控着那间反家庭暴力支队办公室。因为里面的柜子存放着敏感案件的卷宗，而其中大部分案件都正在调查中。我们清点过房内联网的电器，很不幸它们均被感染了。"

雅各布拿出纸和笔画出屋内的布局。

"在被感染的物件中包括一个烟雾检测器、一个安装在木头护墙板后面的电子计数器以及一箱子的无线摄像头，它们均被那个深爱女儿的罪犯控制了。这些物件已被关闭并且贴了封条，然而其中一个电器连接着电脑，可以自行开启。rootkit 于是得逞感染了电脑。"

大家专心聆听。

"现在该怎么办?"长官继续说道,"我们已经对你们解释过了:要以迅雷不及掩耳之势使机器失效,以防病毒在别处再次活动。"

"您提到过'安全线'。"伊莎贝尔反问。

"我们已经控制了警局大楼内部的所有电器,但我们无法阻断外部的网络。所以需要快速出击,并且低调行事,监视这间办公室的摄像头可能也被黑客控制了。"

大家沉默无语。

鲁昂担当起了振奋士气的任务:"信息系统安全营运中心的两位先生为我们量身定制了一个方案。"

她的话一说完,雅各布便将一只箱子放到桌上。他从里面取出一只金属圆盘。

"这就是针对我们问题的解决方案。"他的同事解释道,"在专攻电子战争的军火公司的协助下,我们最近开发出了这款试用品。我们姑且称其为 GEME,这是一枚电磁脉冲炸弹。这玩意儿可以摧毁所有大家了解的电子载体。"

"您要在警局大楼内激活它吗?"夏洛尔惊呼。

"当然。我们已对其进行过测试。它释放的电磁波只会干扰数码设备,墙不会抖动,大楼也无需承受爆炸之苦。我还要补充一点:它对人体器官无害。"

全体人员对此持怀疑态度。

"这是处理极端情况的方案了。"雅各布承认道,"但假如我们想要清除 rootkit,几乎没有其他解决之道。我们还得同时处理所有被感染的电子载体。"

"我们可以关掉摄像头。"他的同事往下说道,"然而黑客立刻就会明白我们正在尝试某种操作,风险系数于是成倍增加。"

"你们及时做出反应,就意味着做了正确决定。"内尔代尔转向女局长说道,"这是我们在这个邪恶病毒逃走前除去它仅存的小小机会了。"

"可要是我们失败了呢?"伊莎贝尔问道。

雅各布回给她一个阴暗的眼神。

"我拒绝考虑这种假设。"

"可我们需要知道,"夏洛尔说道,"因为这关乎我们的城市和我们的家庭。"

"实际上,病毒可能会变得不可清除。它以呈指数递增的加速度进行复制,通过大量联网但没有安装防毒软件的电器进行传播。我们预想过所有可能发生的状况,尤其那些最糟糕的状况:它极有可能打开污水厂或核电站的监控系统软件后门,控制成千上万的工业自动化装置,进而导致火车脱轨或是水利大坝泄闸。说到底,它会用大量恶意的信息流冲击门户网站,导致大部分网络交流瘫痪。"

"这会造成混乱。"雅各布总结道,"法国会陷入瘫痪,损失惨重。"

雨果第一个起身。

"我们还在等什么,要坐以待毙吗?"

这些技术层面的推论完全是说给他听的,因为别人都稀里糊涂。

露迪维娜神色沉重地看着这个警察。

"我们需要一个志愿者进入被病毒感染的办公室,去放置

GEME，然后在其爆炸前抽身而退。正如长官刚才和大家说过的，如果摄像头注意到一个突然出现的事物，rootkit 立刻就会有所反应。"

"只有唯一一次机会。"内尔代尔再次声明。

沉默如铅层坠落。

而雨果一直站立着。

"我想我们有合适人选了。"雅各布说道。

54

"铁戈，探访室。"

班房看守打开单人牢房的门。

被叫到名字的那人转过头来，慢慢从床上站起来。他被关押在圣马丁德雷中心监狱的单人牢房里。此人个头矮小，表情生硬，但肌肉却像葡萄藤一样凸出结实。因将一名男子折磨致死，他被判处二十二年有期徒刑。铁戈知道：当自己结束牢狱生涯的时候，已然是白发苍苍的老头。但他身为黑帮老大，依然掌控着南特市区及郊区的非法交易：贩卖假药、供应"学生妹"娼妓（原是来自东欧的年轻姑娘，她们可不想坐在学校的教室里上课）、偷盗工地器材……所有人都知道他为人生猛，再加之其穿越铜墙铁壁的人脉网络，足以让很多人瑟瑟发抖。他只需吩咐一声，就会有一帮人听命去摆平事端或让一个欠收拾的负债人消停。

他的影响未曾逃过监狱情报室的眼睛，后者监视着这个茨冈人的一举一动。

那日，来探访室的曼松给他带来母亲的消息，两人用暗语交流，警察在旁记录。经过一番客套话后，对话就直奔主题了：

"昨晚有人给我发消息了。"

"什么事？"

"在一个名字后留下了一个地址：好像是你的老朋友。"

对于负责监听的狱警而言，最后的谈话并无意义。可于铁戈而言，他听得再清楚不过。

夏洛尔！

茨冈人本能地握紧拳头。

把我送进监狱的那个警察……

法官把他送进大牢之前，他曾用茨冈话对着夏洛尔破口大骂："有朝一日，我一定会找到你的。你和你的家人都会完蛋的。你的妻子和孩子，他们统统会完蛋的。"

来访者撕下贴在右手心上的胶布，将手心贴在玻璃挡板上，摄像头无法监控。铁戈记下地址后，另一人往手里吐口水以拭去痕迹。

后面的谈话略显平淡无聊。之后警察将他送回牢房。

夜幕降临，他发出命令，命一名图书管理员第二天早上带着书籍手推车过来探监。后者会将几部小手机藏于某几部作品内。这是很廉价的手机，塑料机身可以避开安全门的检测。

以前，手机大都从外面扔进监狱院子。他是在网球甚至在长满青苔的鞋子中翻到它们的。

铁戈收好其中一部电话，将其放至枕头下，然后走向顶灯。SIM 卡被口香糖粘在玻璃灯罩内。

他只需发送一条短信就可以了。

信息开头是一个地址，后面紧跟着命令："干掉所有人。"

待短信发出后，铁戈取出 SIM 卡扔进厕所。

夜色深沉，他像婴儿一样安心入睡。不知道是哪位恩人刚刚给他发了仇人的地址。

假如有人告诉他发信息的不过是台电脑，他绝不可能相信。

55

　　雨果朝走道看了一眼。他离那间存放着家庭暴力卷宗的办公室的门还有十来米的距离。实在难以想象潜伏在暗处的 rootkit 会作出什么举动。

　　国家网络安全局的技术人员用探测器将他从头到尾的穿戴扫描了一遍。

　　一道红光出现在探测器上。

　　"您口袋里有个东西。"

　　"只是我的钱包而已。"

　　"您的银行卡不会也联网吧?"

　　"呃,没有联网!"

　　"那么我们再仔细搜搜。您的牛仔裤、衬衣什么的没有远程识别标签吧? 洗衣店会使用这玩意儿。"

　　雨果摸摸裤子背面。

　　"什么也没有,长官。"

　　"好的,我们这里通过了!"一位技术人员说道。露迪维娜一直密切注视着。

　　此时,勒内·内尔代尔走来,将 GEME 交到他手里:"您要记住:您只有一枚'子弹',您得一次击中要害:这是一次迅如闪电的战斗,没有任何补救余地。"

"我清楚了。"

"GEME上面有一个推杆。就像我们刚才给您解释过的一样：这是一个样品。箭在弦上，一触即发。我们没有时间顾及安全问题了，所以千万小心，别出于疏忽而将其启动！"

雨果的表情告诉对方他已经明白要害所在了。

伊莎贝尔看看手表。

"不到一小时，逻辑炸弹就会爆炸。"

"我准备好了。"

伊莎贝尔按住他的肩膀："雨果，千万小心。"

鲁昂向他投来一个鼓励的微笑："埃塞尔维亚先生，快去快回。"

他对他们做了一个手势，然后果敢地进入走道。到达办公室门前，他从口袋里掏出一串钥匙，将其中一把开资料室门的钥匙插进锁里。他暂停了一秒，脑海里的想法正以每小时一百千米的速度不断蹦出。

是什么样的疯子才会想出如此下流的手段？

他屏住呼吸。

别磨蹭了，否则你就不敢进去了。

钥匙慢慢朝左转动，门开了。

他进入。摄像头首先映入眼帘。

与此同时，几公里开外的地方：

正在识别。

结果：1

识别：雨果·埃塞尔维亚。

摄像头的镜头在柄轴上缓缓旋转。

雨果迅速扫视四周。一切如信息系统安全营运中心的长官绘制的草图一样：装有数码摄像头的纸箱、柜子旁的护墙板（后面有电子计数器）和烟雾检测器。

突然，他注意到一个细节。

摄像头正在转动！

他平静地走至办公室中央，将 GEME 放到地上。

此时，茉莉对这个已被摄像头检测出的圆形深灰色物体启动了搜索模式。

她使用了所有的搜索引擎，将熟知的图片用六种语言反向搜索。某些引擎具有高级过滤功能。又因茉莉是为战争而"设计"的，所以她优先锁定所有与武器相关的物体：水雷、简易爆炸装置……

正在搜索：47％

雨果的手摸索着推杆。他已大汗淋漓。

搜索完成：1 个结果

茉莉重新搜寻几个月前由一位电子工程学的大学生发布在推特上的一条信息。此人曾在一家为内务部供应材料的工厂实习过一段时间。茉莉在他发布的信息里见过一个类似 GEME 的机器。实习生用智能手机拍下了机器样品，然后将其发到网上。他将图片命名为："摧毁敌方机器人的武器"。

茉莉的电子大脑即刻开始分析配图的文字："计划：通过大量释放微波来摧毁爆炸装置或者可远程操控的敌军武器。"

电脑屏幕上的小女孩大喊："爸爸！爸爸！危险！"

萨米埃尔正在床垫上打盹儿。

他转身，没来得及看见那个走出房间的警察身影。在此之后，图像很快变得模糊了。屏幕上雪花密布。

接收不到信号了。

炸弹爆炸了。

56

　　广场中央的小公园里，一个老头坐在靠着矮墙的长凳上，用眼睛的余光密切注视着正和班里同学玩耍的外孙。

　　傍晚时分，阳光照耀。外公的脑袋滑溜溜的，山羊胡亦被精心修剪过，一双深蓝色眼睛隐藏了他的实际年龄。他六十有余，身板虽略为瘦削，却很结实。

　　自打他离开了屠宰场，不再因工作需要而穿着那散发动物内脏和血液味道的连体服，他就很注重衣着。在他刚要拿出点心食用之际，公园深处隐隐有人移动，他颇感吃惊。这是一个男人的身影。

　　不祥之感袭来。

　　是一个毒品贩子吗？

　　路易在离他几十米的地方玩耍。老头的目光始终盯着那名男子。闪现在他面前的原来是一个头发油亮、戴着墨镜的茨冈人。

　　"斗牛士，你还是那么精力充沛，不减当年吗？"

　　这个阴险狠毒之人那极其刺耳的声音……

　　老人咬紧下颌，慢慢抬起头来。

　　"你是怎么找到我的？"

　　"这个嘛，你得去请教铁戈了。"

"我以为他还在坐牢呢。"

"坐牢又何妨？他一直都是老大啊。他想请你帮个小忙：斗牛士得为最后的任务再干一票！"

"斗牛士早已不复存在，结束了。"

"老头儿，你失忆了吗？你心里清楚你还欠着铁戈一笔账呢！"

"滚！"老人生硬而决绝地说道，"你听到没有？"

年轻男子一只手抓住老人的胳膊。后者狠狠踢了他一脚，在那人即将倒地的当口，老人一跃而起，继而将脚踩到了这个放肆无礼之人的喉咙上。

老人的目光本能地望向广场尽头。他看见一个陌生人朝路易走去，然后牵着孩子的手，一脸不屑地和他对视。

江湖人称斗牛士的老人只好放开年轻人，茨冈人艰难地爬起，因过度狂怒，说话也结巴起来："你……去办好铁戈交代你的事，老废物。否则，你那外孙……"

夜晚，老人把童话书放在床头柜上的女儿相框旁，随后将羽绒被盖到路易肩上。

"小家伙，现在该睡觉了。"

"外公，那人是谁？"

"谁啊？"

"就是那个出现在公园里一脸坏坏的先生。"

"你不必害怕他。"

"他想干什么？"

"很久以前，我和他发生过激烈的争执。这都是过去的事了，现在睡觉吧……我在这儿呢，别怕。"

对着客厅的阳台门半掩着。手机振动起来，他不顾寒意，仔细留心着黑夜里的动静。

他们不会放过你。

自今天下午后，一辆车牌可能是伪造的、陌生的轿车就停在了街道高处。

他和铁戈的过往真是一言难尽啊！

最开始，他俩偶然被安排进了同一家屠宰场，终日忙碌于一堆动物尸体中。老家伙负责给牛打麻醉，铁戈则要给牲畜剖腹。小意外屡见不鲜，斗殴更是家常便饭。正值斋月的某个深夜，屠宰场里只剩了六个人。空气中弥漫着浓浓的火药味：茨冈人被四个家伙团团围住，即使他已习惯街头斗殴，可这么多人对付他一个，显然对他不利。鲜血流淌到了地上，没有任何摄像头能证明接下来发生的事情。一旦铁戈被大卸八块，那帮人便会将他的死亡归咎为一起荒唐的事故。

他退到地台上，不假思索地抓起一根清理肉块的管子，朝围攻他的人身上喷射滚烫的蒸汽。混乱中，他的"朋友"捡起掉在地上的一把刀，冲锋陷阵。围攻者中的两个家伙捂着脖子倒在地上，第三个则丢了一只眼睛。最后，老家伙烫伤了第四个围攻者。

铁戈把这些人的尸体移到铰刀下，将这些畸形的人肉轧碎成了肉饼。屠宰场的内部调查草草收尾，领导并不希望相关的国家部门干涉他们的小小营生。铁戈作证四个失踪的工人从未现身过。而对于没有合法证件也没有签订合同的工人而言，擅自离岗实属正常。老家伙也确认了他的证词。

但这次事故发生后，他下定决心抽身而退。这样正好可以好好陪陪女儿和刚刚出生的外孙。女儿吸食可卡因，社会福利部门威胁她说要抱走孩子。而女婿则不想让他来照顾路易，找了两个不相干的人来恐吓他。

他对老家伙大打出手。在后者疼痛得尖叫的间隙，他说道：“第一次也是最后一次警告，我的孩子只能由我一人来照顾，我想把他领回土耳其老家。”

外公只好求助铁戈。几天后，土耳其人从当地彻底消失了。“教父”甚至给了老家伙一笔现金让他好好照顾小路易。

“以德报德，以怨报怨。将来你会有机会报答我的。”

今晚站立在黑夜中的老人明白：偿还债务的时候来了……

他拨通了茨冈人在广场给他的那个电话号码。

“除掉一个男人及其家人。”电话那端的声音清楚无误地说道。

“他的名字？”

“夏洛尔。”

“我还需要知道什么？”

“他是名警察。”

老人打开报纸，取出用来清除目标人物的武器，看着还能用：枪管一尘不染，两根弹簧和清洁绳①都在原位。这是一把穿透力极强的手枪，子弹在气压助推下经由铁制枪管射出。他曾用内径 25 的子弹射击牛群。过程简单到闭着眼睛就可以开枪。只需往枪栓里面装上弹药，拉出清洁绳，并将食指扣在扳

---

① 穿过枪管用于清洁的专用绳子。

机上。枪管稍稍高于受害者的脑袋，就能百发百中。

老家伙曾替人索要过几次债务。靠着这把枪，他让欠债人开口求饶，并且让他们谨记自己的债务，这把枪可以说是屡创功绩……

楼上的路易睡得安稳。

照顾这个孩子曾是他唯一做成的事情。而小家伙也表现出他是多么高兴有人可以依靠。

金盆洗手前的最后一单。一个即将被灭门的家庭……

铁戈还真是阴魂不散……

57

国家网络安全局的技术人员已将诸多数码摄像头、烟雾检测器及电子计数器的电子元件装入大袋中，袋子内层采用了镀金属的聚酯。

"这袋子如同一个法拉第笼①。"其中一位执行人员说道，"这是有备无患。"

"噩梦结束了吗？"露迪维娜问道。

勒内·内尔代尔回答："所有分散在大楼四处的逻辑炸弹均被找到及消除隐患了。我们还要继续寻找，我想好戏还在后头。"

女局长看看她四周的环境。到处都是垂下来的电线。

伊莎贝尔离开警局。一辆染色玻璃的车子停在了她面前。车牌显示该车来自巴黎郊区。

身着深色西服的司机下车和她打招呼："梅耶上尉，盖兰特派员想和您谈谈。他着急见您。"

她打开副驾驶旁的车门，注意到遮光罩上的"警察"字样。

公务车。

她放心地上了车。司机启动车子，轮胎嘎吱作响。

"您的头儿恢复意识了，我真欣慰。"

他没有说话。他的注意力全都集中到了路况上。车子疾行，驶入斯特拉斯堡街后，交通变得繁忙。

"对不起，"他边说边往伊莎贝尔这边俯身过来打开手套箱，拿出旋闪灯，"您可以把这个安到车顶上吗？"

她遵命行事。

"他活不了多久了，他很想见您。"

几分钟后，她站在盖兰躺着的床边。他的双臂缠上了绷带，脸部也严重烧伤了。厚厚的纱布下，他的声音听起来模糊难辨。

她看见他的一只手在颤抖，她将它握在手中。

"长官，我是伊莎贝尔·梅耶，我来了。"

她俯身和他说话。

他有所反应，于是断断续续地说了几句："你们……抓住他了吗？"

她抿紧嘴唇："还没有，可他的炸弹已经不能构成威胁了。"

他的头纹丝不动。

这些伤口……

"SITOM 计划……"

"怎么了，长官？"

"我要告诉你这是……"

"您得保留体力。我听说了，事关军事计划，一个发起战争的人工智能。"

---

① 由金属或者良导体制成的笼子，由于金属的静电等势性，可以有效地屏蔽外电场的干扰。

"模块……模块……"他用尽全身力气一遍遍重复着。

他的瞳孔因疼痛和高烧大睁着,他紧盯天花板。有什么东西让他倍觉惶恐。

"就是塞雷窃取的那个模块吗?"

他频频点头。

伊莎贝尔再次贴近他的耳朵:"他用了这个模块将女儿复活。"

"毁……灭……"盖兰抽噎道,"他只知道毁灭……趁他还未逃跑,抓住他。"

为了听到他勉强小声说出的话,她只好再靠近些。"rootkit……只是开始。有解决办法的……应急程序……"

"哪一个?"

"如果放出……可以终止一切。"

"怎样停止呢?"

"打开箱子,插入钥匙……关闭……一切就……彻底……结束。"

"塞雷带走了这个系统吗?"

盖兰点头。他的力气很快就耗尽了。但他的下属接过了话题:"在办公室除去保罗什后,塞雷盗走了钢制手提箱,而服务器就在箱子里面。"

她看着这个年轻人问道:"可我们要怎么打开这个箱子?"

"它被指纹传感器锁住了:需要保罗什的食指或……类似的东西。"

盖兰大声说出只有司机才能听懂的词语。于是后者将一个小巧的盒子交给了伊莎贝尔。

"这是给我的吗?"

她打开盒子。是 GEME。

"我以为信息系统安全营运中心仅此一枚？"

"的确如此，您的同事已经用过了。可雅各布和内尔代尔不知道的是：对内安全总局也有一份样本，就是您拿着的这一份。"

"国家网络安全局从未听说过 SITOM 计划，对吗？"

司机点头："关乎国防机密。"

伊莎贝尔握在手心里的 GEME 沉甸甸的，比雨果用过的那枚小了些。她转身迎向盖兰，特派员用尚能活动的眼睛注视着她。他咽下口水，喃喃低语道："保罗什死了，他的指纹也不复存在了。可是炸弹……能穿透钢板，击中系统大脑。"

她对他做了个鼓舞士气的手势，然后起身告辞了。如此骄傲的一个男人从此要被钉在床上承受痛苦，想到这里，她的心抽搐了一下。

司机轻轻关了病房的门，去走廊找她。

"我叫雷米·塔尔蒂，警阶：中尉。"

她对他笑笑，神情倦怠。

"盖兰想让我给您看件东西。"

"什么东西？"

"我会向您解释清楚的。咱们去大学医院的自助餐厅坐会儿吧。这个时间点，那里的人不多。"

塔尔蒂将一个装着两杯咖啡的托盘放在他们面前的桌上。他们坐在一棵植物旁的隐蔽角落里。阳光透过一扇玻璃窗洒进餐厅。冬季美好的一日。

"盖兰先生请您阅读一份几年前起草的文件。"

"是对内安全总局的报告吗？"

"当时这个机构叫领土监视局①，但这无关紧要。"

"可我并未被授权……"

"我们当然知道这一点，我的头儿要为此承担所有责任。可他认为您需要知道某些细节。"

她端起咖啡杯，神情专注地准备饮用。

"在凡尔赛司法警局调查保罗什教授的谋杀案期间，我们部门曾调查过在网络防御公司发生的元件盗窃案。我们寻找萨米埃尔·塞雷很久了，却由你们在南特当地追查到了他。您自然可以阅读文件内容，我想这是合情合理的。"

中尉将一份报告递给年轻女子，《与 SITOM 计划泄密相关的调查报告》。

一篇密密麻麻的文章，且打上了"国防机密"的字样。伊莎贝尔无权做笔记，只能睁大眼睛阅读并在脑中记住内容。

某些细节。首先涉及保罗什的命案。保罗什借助软件减少了身体缺陷带来的麻烦：回复命令的合成声音，可以进行谈话、预先设置需求以及适应变化的人工智能。文章中的几个段落标注了着重号："自主学习系统，可与联网物体(机器、外部设备、灯光)连接，远程操控摄像头、电子锁(……)，可读唇语、识别人脸……"

伊莎贝尔又喝了一口咖啡。塔尔蒂远远看着她，等着她阅读完毕。

某个段落叙述了保罗什的超人类主义信念：他相信终有一日，电脑能为有机体的意识完整建模。他在此领域的研究已与网络防御公司的工作本质背道而驰，却终于引起了一个脆弱之人——塞雷——的注意。

_____

① 执行反情报反恐怖使命，隶属国家警察总局。

女儿的重病让他猝不及防。

报告的下文透露了更多细节。塞雷不仅盗窃了算法及装有保罗什虚拟助手的智能手机，还掳掠了一堆与 SITOM 相关的软件组件（模块、密码……）。报告的结尾设想了一种结果：既然塞雷需要筹钱来治疗患白血病的女儿，那么他可能会将 SITOM 的模块卖给某个外国势力。

伊莎贝尔放下文件。

她厘清了来龙去脉。对内安全总局想错了。塞雷并非间谍，不过是个因痛苦而丧失理智的父亲。他综合了保罗什的智能助理及 SITOM 的功能，不仅创造出了女儿的替身，还制造了专供网络空间作战的武器。

伊莎贝尔抬头望着塔尔蒂："也许塞雷自己并不清楚。"

"您说什么？"

"我是经过深思熟虑才说这话的。他制造出的用于攻击系统的玩意儿，可能他也并未真正掌握其功能。这东西虽然有他女儿的特征，但终究还是一台机器。假如他想断开机器，那么它会作何反应呢？"

塔尔蒂耸耸肩。

"盖兰以为机器不会做出反应。正因如此，他才把 GEME 交托给您。从现在起，关于 SITOM 的内幕，您知道的和我们一样多。"

她凝视着咖啡杯，陷入沉思："还有一个问题：塞雷为何要除去双胞胎兄弟？"

塔尔蒂略有迟疑，继而表情凝重地回应："假如是机器所为呢？"

电脑自作主张。

58

露迪维娜·鲁昂刚和法官结束了谈话。最近这些日子，她养成了在公务车上打重要电话的习惯。她使用一次性芯片的手机，国家网络安全局检测过后才给她开了绿灯。她把汽车停在一家小超市的停车场上，看着顾客将购物袋放至后备厢。她想起了妈妈，想听听她的声音。

她紧盯电话。

今晚到家给她打电话吧。会有时间的。

电话响了。勒·加尔从雷恩打来的电话。

"您好，长官。"

"您好，露迪维娜。现在你们那儿进展如何？"

"您读过我们最新的案件报告了吗？"

"刚刚读完。"

"我们一直全力以赴地追查塞雷，可是仍未找到他。"

"我知道，我们不能一直实行雀鹰计划。宪兵队在玩火，他们给手下施加了巨大压力……如果今晚我们仍一无所获，那么明早就要收手。"

"明白，长官。另外，您知道凡尔赛的司法警局已将塞雷的简历传给我了吗，他从学校至网络防御公司的所有经历？"

"所以您想说什么？"

"他的心理状态很特殊：十岁的时候，父母离异，他和父亲一起生活。他学习成绩一般，但在中学的时候发现了电脑的妙处并学会了编程。高中时的他常常扮演替罪羊的角色，于是他用自己的方式进行报复，有过几次纪律警告处分，并被开除过两次。"

"他做过什么？"

"他利用感染了病毒的以及在网上找到的恶意程序来破坏学校的老旧电脑。他很难追到女孩子。那些不留情面拒绝过他的女孩们对此后悔不已。一份诉讼记录上清清楚楚地写着：他在网络上两次用虚假身份追求女孩子，并引诱她们脱去衣服，再将其不雅照上传至对方男友的手提电脑上。他会见到法官的，这会成为他职业生涯中唯一犯下的错误。"

"您忘记他交给梅蒂维耶的 U 盘上留存了毛发，我们调取了 DNA。"

这个提醒让她笑意全无。

"塞雷做事谨慎。我相信即使是他女朋友洛朗丝·德尔鲁也对他的行径一无所知。"

"就是那个死于煤气爆炸的女护士吗？"

"正是此女。您想听听我的看法吗？塞雷用了假身份。我们查阅了所有的相关文件，从社会保险费及家庭补助金征收联合机构开始查起，无论是他作为职员，还是公司老板的身份均未查到。洛朗丝·德尔鲁前一阵对我们一位去拜访过她的同事谈起过。当时塞雷还没有在公寓里动手脚。她一直以为他在一家软件开发公司上班。"

"那又如何？"勒·加尔反问道。

"大区商会为我们出具了一份与此类经营范围相关的三十二家公司名单；我们用了一早上的时间给所有公司的人力资源部主任去过电话，并未得到我们想要的结果！"

"你们给大区的所有公司都打过电话了？"

"方圆五十公里内的所有公司。还是一无所获，长官。"

"那么，他一直留在南特，小心地藏在某个角落。"

"藏在一个可以将他的电脑接上电源的地方，而且那里的网络连接应该是顺畅的。他一定会使用城市的免费无线网。"

"我想他是匿名上网的。"

"最困扰我的其实还是这个问题。"

"什么问题，露迪维娜？"

"当然是动机。为什么他要除掉两兄弟呢？这样做的好处是什么？他出于什么居心去杀人呢？因为塞雷和智能天气公司并无交集。"

"那么你们在这家公司发现了什么线索吗？"

"撇开贝朗的遗孀不说，还有一个名为德洛尔姆的股东。我调查过他的财务状况：银行账户和税务部门都未发现任何疑点。"

"一定要坚持不懈地调查，不要遗漏任何蛛丝马迹。"

"请您放心，长官。"

"我们要把梅蒂维耶下士和盖兰特派员的账统统算到他头上……"

电话那端沉默半晌。

"说起这个，露迪维娜，我必须要告诉您一个消息。"

"什么消息？"

"对内安全总局刚刚给我来电：丹尼尔·盖兰因伤口感染，与世长辞了。"

停车场空空荡荡。年轻女子不知说什么才好。

59

晚上七点刚过。夏洛尔心情抑郁地走出总部。以他的年纪再次使用打字机，而且还是在他调动前夕，这真让他恼火。然而，他的脑海中迅速浮现出了梅蒂维耶砸在地上的尸体，还有同事向他描绘的盖兰那张因遭遇爆炸而呼吸困难的脸庞。

他解脱了，活着的我们也已伤痕累累。

收音机播报：明天夜里气温将急剧下降。

夏洛尔把车停在加油站买了一小桶柴油。他想起了托尼。

他会在车里冻死的。

将他安顿在收容所，办不到；而让他离开汽车也绝不可能，这辆车是他唯一的家当了。

我希望你能找个地方避避寒。不过我很确定你会把车停在卢瓦尔河畔的土路上。

夏洛尔打算去废品回收站及周围的小巷看看。他望了望尚特内火车站前的停车场，因为托尼经常把车停在那里的死胡同内。

一无所获。

他妈的，你肯定需要这只油桶……

往右边，少校看见了旧铸造厂并决定停车。

萨米埃尔·塞雷尚未捉拿归案，而此地是我们最后的线索了。

手套箱里放了一盏灯，他的手枪稳稳地装在枪套里。

深夜寒冷彻骨，浅黄色的微弱灯光在灌木丛里摇摇晃晃。

此处是一个临时难民营地吗？

耳闻狗吠和人声，或许是几个流浪汉吧。近几年，涌入市区的流浪汉越来越多了。夏洛尔缓缓前行于杂草丛中。

工厂内，他撞见一块写着"勿在电压下逗留，危及生命"的生锈标语牌。远一点的地方，是几顶被丢弃在地上的工人头盔；角落处，则成了老鼠成群的垃圾场。

灯光吓得几只老鼠仓皇而逃。

离他半高的几块还算完整的玻璃上覆盖了一层雾凇。他一开口就有雾气冒出。

标志着开放无线网络的粉笔图案仍在那儿。

一定会有发现……

夏洛尔摸索着爬上中二楼，台阶稍许松动。冒险之前，他先踩上去试试楼梯的牢固性。

远处的狗吠声不绝于耳。

他上到一个平台。仅有一张办公桌，可能是以前工头办公的地方。纸张堆满了垃圾桶，四处皆是灰尘，肮脏不堪。从上面俯瞰，下面的机器一览无遗。监督工人的最佳视角。

灯光打到家具上。此时，他看见一个大柜子。好像有不对劲的地方：新崭崭的扣锁被打开了，地下的灰尘留有一串新脚印。柜里空空如也，不过好像有行李箱或什么箱子移动过的痕迹，那箱子肯定在里面待了一段时间……

此处就是萨米埃尔·塞雷的藏身之地，夏洛尔确信无疑。

托尼那日看见走出工厂的人正是他。

60

　　萨米埃尔打开手提箱。箱内有他需要的所有东西：服务器、提供网络的便携组件。他曾让福斯街上一个斤斤计较的纹身师把一块射频识别①芯片植入手背。芯片含有密钥和比特币账户，可在暗网上通用。能够在困难时期解燃眉之急。他要逃之夭夭了。

　　背包里装着潜逃所需之物。假胡子、假眼镜、两万欧元的票子，可以维持几个月的生计了。

　　房间里只有电脑屏幕的亮光。

　　茉莉和他在一起，他已心满意足。

　　"残留的痕迹？"他一边询问，一边做了份三明治。

　　"清零。"孩子答复。

　　他们已经清理过那幢糟糕无比的警局大楼了。

　　比我想象的还要狡猾。

　　自从他让盖兰特派员痛不欲生后，他们从未松懈过追捕他的劲头。

　　带着女儿浪迹天涯，你能做的也唯有如此了。你有手提箱、密码和钥匙。

　　一开始，他就将它们藏于各处：钥匙藏在家里，手提箱存在铸造厂内，而芯片则植入自己的皮肤。

　　"亲爱的，让我看看媒体报道。"

"什么主题？"

"潜逃者、塞雷、黑客、南特、路障和警察。"

他扫了一眼屏幕。

搜索结果：20 份文件。优先排列。

《海洋报》刊登的文章配有他的照片。还是那张照片：

特派员死亡的罪魁祸首是那个一直潜逃的计算机黑客

萨米埃尔·塞雷，南特黑客作案嫌疑人，曾发起对警局大楼的网络袭击；并制造过一起爆炸事故，致一幢大楼里的两名人员身亡。尽管警方已于周二启动了雀鹰计划，嫌疑人尚在潜逃。该计划已经调动紧急应对措施，周三上午再次升级。警方布下天罗地网意欲将嫌疑人缉拿归案。

你得有辆车。

萨米埃尔转向电脑屏幕。

"附近有联网的汽车吗？"

"爸爸，正在搜索。"

十秒钟后。

"一无所获。"

"启动例行程序，每隔一小时就重新搜索一次。旁边就是一个大停车场，不定就出现转机了呢。"

"好的，亲爱的爸爸。"

萨米埃尔默默地啃着三明治，随后他在床垫上躺下了。

电脑进入警戒模式。

---

① 一种无线电通信技术，可以通过无线电讯号识别特定目标并读写相关数据，而无需识别系统与特定目标之间创建机械或者光学接触。

61

　　警察将车子停在自家小楼前的时候，夜色已深。老家伙所见的小楼和铁戈描述的如出一辙。

　　还有一两个小时。

　　他想起了外孙，他并不想把孩子独自留在家里。

　　包在报纸里的手枪就放在旁边的座位上。

　　夏洛尔辗转难眠，他脑海中浮现出几幅画面：让-米歇尔·梅蒂维耶的尸首；大楼因煤气爆炸而洞开的外立面。妻子起夜，他也起夜。几分钟以后，她鼾声均匀地入睡了。屋外，一只狗在天寒地冻的黑夜里狂吠。

　　老家伙下车，轻轻关上车门，将夹克衫拉链往上拉到了头。他头戴软帽，手上套着露指毛线手套。穿过空无一人的街道后，他在小楼正门前停住脚步。他也听到了狗吠声，还是一只小巴儿狗的叫声。手枪装在夹克衫口袋里，他匆匆扫了一眼栅栏，费力地翻了过去。

　　妈的，这是你最后一次大开杀戒了……

　　他翻进小院子。整栋小楼阴森地矗立在他面前。窗子没有透出灯光，底层的百叶窗也严丝合缝地关闭了。

　　铁戈的命令很明确。

　　弄残那个警察，如果可以的话，让他下跪求饶，然后在他眼皮下杀死他的家人。如此，任务才算完成。老大希望他如实记录下一切：每一颗子弹穿透人脑的时候，都要听到警察撕心裂肺的呐喊声。

无聊的虐待狂，可如若你不听他指挥，路易就身临险境。

他悄悄绕过房子，找到位于后园的第二道门。门锁是普通款式，他小心翼翼地开锁，在一阵轻微的碰撞声中，门被打开了。

老家伙进入工具室。屋子尽头是楼梯。他上了台阶，不时警惕地停下，没弄出一丁点声响。卧室应该在楼上，他走进客厅。

"举起手来！"

半明半暗中，一个声音突然响起。老家伙僵住了。他的手悄悄滑进装着手枪的口袋。

"你没有枪。"

他转身，屋内不见任何人影。

"我们得谈谈。"

"从我家滚出去！"

老家伙心想：他一定是害怕了。他往右看去。

对方藏在沙发后，离他不到两米。

他突然以迅雷不及掩耳之势冲将过去，同时掏出了手枪。

与此同时，一支箭在黑暗中呼啸而来。老家伙在巨大的冲击力作用下往后倒去。灼伤，疼痛。

妈的，这是哪一出啊？

一根长长的、硬硬的东西插入他的锁骨下方，胳膊动弹不得。

房间尽头，焦虑不安的夏洛尔又将另一支箭搭在弓上。

"我叫你滚！"

老家伙收起枪支，匆忙转身离开。

少校既没有力气也没有手铐来控制对方，他不确定袭击者是否携带开火的武器。所以，他一直注视着他走出大门，并让他离开了。他在屋后清楚地见到肩上插着箭的人影灰溜溜逃跑了。

随后，他冲向电话。

通知救援人员立刻赶来，保护他的家人。

他还想到同样深陷险境的伊莎贝尔。

62

　　警戒解除。重新激活搜索功能。

　　区域划分。

　　有效扫描范围：200 米。

　　相关车辆数量：128。

　　配备车载电子系统的车辆：14。

　　按预先设定的标准优先搜索：车上连接电脑系统；调制解调器、无线网络、可通话的无线移动蓝牙终端；开启车门的射频识别；多媒体触屏……

　　搜索到的车辆：1。

　　控制车辆的成功率？

　　正在解析……

63

反犯罪刑侦队的旋闪灯蓝光反射到停泊在街边的车身上。他的家人会受到警方保护。

"少校，请您描述一下袭击者的特征？"

询问夏洛尔的副官正在联系在城市和郊区执勤的两支巡逻队。

"小个子、褐发，高加索人的特征。准确地说，他有些年纪了。身穿牛仔裤、黑色的高领毛衣以及同色夹克衫。"

"您认识此人吗？"

"不认识。啊，还有，他手里拿着一把手枪。"

"是他的武器吗？"

"是的。假如我没有从卫生间的窗口看见他翻过屋子栅栏，那么只有上帝才知道他会对我们做些什么了。"

"您说他受伤了？"

"因为他的肩膀上插着一支箭。"

警察投来审慎的目光。夏洛尔急忙解释道："我有一把用来比赛的弓，挂在墙上的老古董了。射击他，是出于我的本能反应。"

"既然这样，我们可能需要您录个口供，尤其是在对方受伤的情况下。您了解程序的。"

"当然，可我现在急需知道另外一位女同事的安危。我没有办法和她通上电话。警方应该很快就可以找到这个人，一个像鸡一样被箭刺穿的老人，人们无法对其视而不见！"

夜色深沉，薄雾轻起。黑暗中的寒冷似乎要把老家伙的心也冰冻起来。他仅剩一点力气，便朝平日里坐的长椅走去，那是外孙放学玩耍之际，他坐着守护他的椅子。拔出肩上的箭后，他气色全无，衬衣沾满了血迹。

想必等我缠着绷带仓皇离开之际，值班的药剂师已经通知警方了。坚持到天亮，坚持到学校开门。最后一次看看孩子吧！

伤口痛到让他忘记了悲伤。

他看到身穿制服的警察走近了，试图原路返回，但退路被一个手里拿枪的男人给挡了。此人正是夏洛尔。

"路易……"外公喃喃低语，快要陷入昏迷。

"谁把我的地址给你的？"少校问道。

老人往旁边跨出一步后，身体倒地。夏洛尔跪在他身旁，他见老头面色苍白。眼睛快要闭上之际，老人艰难地说出："茉……茉莉……"

夏洛尔将老人移交给反犯罪刑侦队的副官。

他只想尽快找到伊莎贝尔。

开车去她的住处需要十分钟。但愿那个疯子没有对她下手。

64

　　萨米埃尔压低风帽。蓄了几日的络腮胡和脖子上拉高的围巾起到一定的伪装效果。无边软帽下挂在耳朵上的耳机里传来茉莉的声音：

　　"入口处无人。"

　　管理员得出去撒泡尿，现在是时候了……

　　他穿过盒子空间的前台，朝停车场狂奔而去。

　　"那辆车停在离你八百米的地方。"人工声音清晰无误地指出方位。

　　那辆车随即跃入眼帘。

　　"摄像头之间有死角吗？"

　　"右边十米处有死角。"

　　那是一个小土坡，横亘在停车场和马路之间。

　　完美。

　　萨米埃尔跑上土坡，坐在椴树下的长凳上，将肩上的背包滑至膝盖，包里装着他的电脑。为降低屏幕亮度，他在屏幕上贴了一层薄膜。

　　不要引起巡逻队的注意。

　　打开电脑之际，他想起了铁戈，是茉莉查到铁戈某个同谋的电话号码的。她在暗网上搜索了将近一小时：有人卖给她一张从某个缉毒警察电脑上窃取到的流氓地痞的名单。名单有些年代了，但运气使然，这个无关紧要的人物居然没有更换过电话号码。茉莉于是布局了一切：搜索信息、用比特币支付报酬。不过，有一件事她还不能独当一面：那就是讨价还价。

呼叫茉莉进行下一步操作前，他点击了桌面上的图标。

孩子的声音响起："切入紧急启动系统。"

屏幕上显现全面扫描模式：

打开车门：OK。

车款识别：OK。

上网恢复厂家技术资料：OK。

出厂密码：获得。

全面扫描后启动车子成功的几率：75％。

萨米埃尔用胳膊夹住打开的电脑，走至车前。

几分钟后，被盗窃的汽车将会停在他藏身的建筑物背后。他选择此处，是因为无线网络信号良好，靠近铸造厂，而且建筑物的后门通向停车场的隐蔽处，也是个死角。

前台的家伙不可能看到被部分建筑物遮挡住的车子。

"道路畅通，爸爸。"

萨米埃尔回到他的迷你仓。

他从床垫旁拿起手提箱。指纹识别器就在把手旁，外面罩了一个活门。只需将活门打开，再将手指放在设备上便能激活开启。

这次，他从大楼的后门离开。

茉莉已消除警报。

他将手提箱装进后备厢，关上后厢盖。

萨米埃尔心想：再回迷你仓拿趟东西，就可以走了。

此时不逃，更待何时。

65

伊莎贝尔在电话里听到盖兰的噩耗。她试图联系雷米·塔尔蒂，却是枉然。此刻，他正独自承受着这个沉重的打击。

晚些时候再试着联系他吧。

暮色沉沉，她坐在客厅整理着双亲的遗物。父亲的挂钟敲响了五点。自从她重新使用挂钟报时后，厨房就响起了滴滴答答的奏鸣曲。

她沉浸在时光之旅中，逝去的往事又涌上心头。钟摆声像是那些逃逸的幸福时光的旋律。那时，她和父母住在一起，没有分离的痛苦，也没有疾病的困扰。

她抬头看看塔楼。

你不能把时钟一直挂在那里，它很占地方。

她凝视着时钟。不是很笨重，但仍需要热罗姆的帮忙才把它挪到客厅里。两人把它从迷你仓里取出纯属偶然。时针之上是一个标记月相的表盘。钟身布满雕刻的装饰图案，她的指头在上面摩挲。这是她第一次细细端详挂钟。平时，她总是坐在餐桌的另一端远远揣测纹饰所传达的意境。

她的眼下呈现出古老的打猎场景。一只被猎犬包围的鹿，手持武器的几个男子；狗和马。有一匹马的头部非同寻常地大。她将食指按在上面。突然出现了轻微的松扣声。

表盘居然动了！

原来暗藏玄机。她的手滑到后面。

她的指头抓住了一沓用细绳小心捆扎起来的信件。这是很多封陈年信件，信纸边缘泛黄，笔迹褪色。所有信件的收件人均为亨利·梅耶。她慢慢朝厨房的餐桌走去。

至少五十余封信件，而且还是按照年月顺序来保存的：最后收到的信件放到信札的最上面，而时间最久远的则压在最下方。每一封的署名都是"安娜-玛丽"。

情话缠绵。这个女人是谁？

她俯身找寻最先收到的信件。

上世纪六十年代……我甚至都还没有出生。

她匆匆浏览了最后一封来信。空白信封里是媒体报道一起火车事故的文章：1975 年 12 月 25 日从巴黎-文蒂米利亚至圣雷米的一趟夜班火车发生脱轨事故。致四人死亡和几十人受伤。后面紧接一则启事。前一封信写于 1975 年 11 月。一些句子飞快跃入她的眼帘，安娜-玛丽在信笺上倾诉衷肠："数年流逝，我依然爱你如初"（……）"和你共度这个周末，我幸福洋溢；我想念你的一切，你的话语、你的温存、你的味道，你的柔情（……）某天，马吕斯在肚里踢我了，自从听过你说话后，他就熟悉了爸爸的声音"。

伊莎贝尔放下那封信。

一个婴儿！

她眼睑低垂，回顾往事，不由得为之动容。

她继续阅读那篇媒体报道，又梳了一遍整个故事的脉络。追溯往昔时光，和此女子书信往来的那些年，她的父母尚未相识。只是他们的鸿雁传情突然止于圣诞节前夕的夜里。

她再次研究报纸上的那篇文章，很想弄清楚一个问题：安娜-玛丽也在火车伤亡人员的名单之列吗？还有那个婴儿，他是否早已在母亲腹中夭折？

诸多疑问可能都无法得到解答。

思绪万千。她一直知道自己的出生纯属意外：当时父母刚刚认识，一次艳遇的后果而已。可是在那个年代，不结婚却生下孩子是天理不容的。克莱尔为自己找到了结婚的理由，亨利也不得不为此妥协。

她再一次阅读那篇文章，痛彻心肺。

他生命中的女人原来是她。他的儿子本该叫马吕斯……

现在她终于明白为什么父亲这么多年坚持留着这个挂钟，原来他有这么多的秘密。他将这些书信留在身边，并将其小心隐藏。他的书房如同圣殿，无论是谁都不允许进入。离婚后，亨利带走了挂钟。他离世后，母亲又将挂钟收回，因为她觉得这件宝贝也算有些价值。再后来，疾病不请自来，克莱尔也要直面自己的命运了。

伊莎贝尔倏地想起迷你仓。

是否还会发现他们另外的不为人知的秘密？

他们从未爱过你吗？难道将你紧紧拥入怀中的时候，只是逢场作戏？而亨利在哄你入睡的时候其实心心念念的是马吕斯？

母亲应该知道得更多。伊莎贝尔起身望向街道。

她住所前的安全装备被撤了一些；塞雷的照片广为流传，所以他犯不着在光天化日下出来冒险，何况还有一支巡逻队每天夜里例行巡逻两三次。

伊莎贝尔朝衣橱走去，打开放手枪的保险箱。将格洛克手枪别在腰间让她感到安心。她拿上大衣，在天寒地冻的夜里出门了。

66

　　她把车子停到盒子空间的停车场时，快到晚上十点了。她砰地关上车门，朝前台迅速走去。夜间的前台也对外开放。柜台后的工作人员示意她：他很快就要走了。她拿出卡片，那人从墙上取下一把钥匙。

　　前台上方的隐蔽处安装了一个摄像头。

　　使用盒子空间服务的客户形形色色，来自各行各业。有人深夜突然造访迷你仓，经营者早已见怪不怪了。他从来不问客人问题，而租客来这里也就像是回到他们家里一样。

　　摄像头在柄轴上慢慢旋转。年轻女子的脸庞刚好出现在镜头里。

　　面部检测识别：确认。

　　萨米埃尔背对屏幕。

　　"爸爸，看看我！"

　　他转身，立刻就看见了那个女人。

　　镜头特写。她就在那里，正和前台的家伙聊天。

　　三更半夜的，她来做什么？

　　"让我看看停车场外围。"

停着几辆车，车里空无一人。旋闪灯和可疑小卡车均未出现。

"好好盯着她。"

"好的，爸爸。"

萨米埃尔盯着监视器，陷入了沉思。

车子还在等着你呢。下一层楼，走右边的过道，再穿过防火门。茉莉已经将警报器消除。你可以神不知鬼不觉地溜之大吉了……

可假如你撞上了她呢？

等她离开后再撤吧。别冒险。

一小时后伊莎贝尔离开迷你仓，她的头发沾了一点灰尘，没有发现亨利的新秘密。刚找到的东西，是他收藏的《未来船长》的旧连环漫画，还有他在里昂的房子过起幽居生活前搜罗的一些小摆设。她问自己：当灯光熄灭，他独自一人深陷黑暗中时，他每天夜里思念着的那个人是谁。他在思念他的女儿还是思念因可怕的事故而夭折在妈妈腹中的孩子？

对于伊莎贝尔而言，她一部分的人生变得岌岌可危。她不接受父亲给予另一个女人近乎疯狂的爱情。可现在，她不想纠结于这些过往了。

她重回大厅，将迷你仓的钥匙放在柜台上。管理员刚好穿上大衣："如果您夜里还会返回，请用密码开门。我下班了。"

她点头回应。

他为她开门，她来到停车场，空荡荡的，只有她的车。气温骤降，车的挡风玻璃蒙上一层雾凇。她望望远处，路灯、影影绰绰的旧工厂。

铸造厂。

她脑海中突然涌现出一幅拼图：U 盘、粉笔画，还有盒子空间的所在地。

三角地带的正中！

她又转身朝正要启动电子系统来关门的管理员走去。

"请您稍等片刻。"

他讶异地看着她。

"我想给您看张照片。"可他站在外面只觉得冷。

他极不情愿地嘟囔着嘴，直到她出示了警官证："刑侦队。"

她在柜台上铺开印有塞雷照片的通缉海报。

"他是您的客户吗？"

管理员脸色发白。

"这就是那个警方一直在找的家伙！"

"请回答问题：他在这里吗？在还是不在？"

她的右手慢慢滑向手枪的枪柄。

"这眼神有些眼熟。我得查查电脑。今天一早就租出四百个迷你仓，人数不少。我记不住所有客户的名字。"

他输入密码以解锁屏幕。

她见他试了几次，均以失败告终。

"怎么了？"

"我不知道，电脑竟然无法识别密码。"

"或许是您忘记了？"

男子一脸不快。

"绝不可能，密码是我儿子的生日加我家狗狗的名字。"

伊莎贝尔四下张望。她预感到大事不妙。

"最近您注意到不同寻常的事情了吗？比如：电脑出现问题、电路发生故障……"

"的确是有些烦心事。"

"这个时候除了我们，还有人在这儿吗？"

"只要看看钥匙牌就知道了。"

"还有一个人。"

"在哪儿？"

"位于二楼的 127 号迷你仓。高级客户。"

"什么意思？"

"就是说这个区域里的迷你仓使用起来更为便捷。"

"是电子操控类的吗？"

"如您所言。"

"谁租了这个迷你仓？"

"没有电脑，我无法……等等，我们会在租赁之前要求客户提供证件，我看看 127 的材料。"

他朝办公桌走去，伊莎贝尔保持警惕地站在柜台旁。男子拿着一个文件夹回来了，他看起来若有所思。她检查起复印件：萨米埃尔·尼古勒利，一份巴西人的护照。

"您有手机吗？"

"当然有的。"

"那么，请您立刻离开，拨 17。请求支援，告诉他们……"

话语尚未说完，突然响起一阵清脆的噼啪声。灯灭了。

瞬间，更为沉闷的声音传来。她感到自己的心抽紧了。

妈的……柜台上面的摄像头。他看见了一切，甚至也听到他们的对话了。

"您快逃走！"

"不可能，那门是装甲门！安装了反侵入系统……"

她在黑暗中大叫："那您的门禁呢？"

"断电的情况下不起作用！"

伊莎贝尔努力克制惊慌和惧怕。

想想办法，想想办法！

"发生什么事了？这一切都是他的所为吗？"

不，是"她"。

"赶快拿上您的智能手机，取出电池！"

"为什么要这样做？"

"如果您想活命的话，照我的吩咐做！"

他照做了，她也做了同样的事情。

"现在，把手机扔得离您远远的。"

塑料重重砸到地上的碎裂声。

"您叫什么？"

"奥利维耶。"

"好的。奥利维耶，您想要逃出这个马蜂窝吗？"

"想啊……"他唉声叹气地说道。

"那么，一定要照我说的做，好吗？"

"好的。"

"您应该也熟悉这幢大楼里那些最小的隐蔽处？"

"我想我还是清楚的。"

"那么，听我说：我们身边的一切如果联上了网，就会很危险。刚刚那个关闭所有系统的人甚至可能已经掌控了一切。"

"可他是怎么做到的？"

"别讨论了！"她发出嘘声，示意对方停止提问。

寂静无声。

"这里有麦克风吗?"

"没有。"

她想起自己的手提包还留在柜台上。

炸弹就在包里，而你需要它。

67

数据出现在茉莉的终端设备上。

门已上锁，电流切断。

转用充电电池。

"持续时间？"萨米埃尔问道。

"一小时。"

他注视着电脑屏幕。一片漆黑中，红外线照射出两个在移动的身影。

"他们只有两个人，无法逃出去了。"

"手机网络还能使用吗？"

"已失效。"

"给个以防不测的建议？"

茉莉那张永远浅笑盈盈的脸庞出现了。

"触电身亡。"

萨米埃尔点头赞许。

"方式？"

"窃取烟雾检测器的信息，开启水雾。"

"传感器安装了杀毒软件吗？"

"没有。"

"袭击步骤？"

"rootkit 强行侵入烟雾检测器。后果：制止鸣笛及远程警报。干扰联网的发电机，改变电路。通过潮湿地面造成电流过载及导电。"

"方案堪称完美。"

茉莉不说什么了。

伊莎贝尔靠近管理员。

"奥利维耶，我们怎么做才能打开出口大门？"

"没有电无法打开。盒子空间不仅为个人提供迷你仓，同时也为数码企业提供空间。"

"是指服务器吗？"

"为了接收此类设备，我们不得不执行严格的安全标准。装甲门也是招标细则的一部分。"

"塞雷租赁的迷你仓就在附近吗？"

"是的。"

"您带我去那里。"

"您说什么？等等，我不是警察，我……"

她紧紧抓住他的胳膊。

"我有枪，我挡在前面，您没什么可怕的。"

"不行。"

她专横地说道："没有您，我无法辨认方向。"

"我们在每层楼都装了几个应急灯。"

"能远程控制它们吗？"

"不可以，因为它们的运行靠蓄电池。"

她四下看看。

"电气室在哪儿？"

"二楼。"

话音刚落，头顶一阵轰鸣。

天花板的喷嘴正在喷射水雾。他们完全被淋湿了。伊莎贝尔恐惧地叫出声来。她预料到即将发生的事了。

他会打开高处的窗子，而涌进的寒夜冷空气会冻死我们！

"这家伙疯了，可他是怎么做到的？"管理员大声嚷嚷。

"您不要走开，我们必须待在一起！"

柜台离她只有两步路。她跪着，试着在黑暗中匍匐而行。地面应该有一厘米高的水位了。

"底楼有一个紧急出口。"

男子拔高音量，希望她可以在倾注的水雾下听见自己的声音。

此时她心里只想着拿到自己留在柜台上的手提包。

但听到奥利维耶在水中艰难前行的声音时，她脑海中闪现出一幅画面：洛朗丝·德尔鲁那充溢了煤气的公寓。

"爬到什么东西上去，不要留在地上！"

说完这句话后，她奋不顾身地往前冲去，只能孤注一掷了。

安装了热能传感器的摄像头看见一个身影努力爬到一件家具上。不同于照明设备，摄像头运行在某个有线网络上。

"一个目标已离开地面。"茉莉说道。

"现在就行动！"萨米埃尔大声命令。

黑暗中的伊莎贝尔一碰到柜台，便使出狠劲爬了上去。现在她的双脚远离了水面。正在此时，灯又亮了，导致发电机超负荷运转。前台上方，一束电线从天花板坠落，电光立即照亮大厅。电线一接触潮湿地面，电流瞬间蔓延，管理员受到电击，全身麻木。身体不停抽搐的他痛得大喊大叫。

爬到刨花木料柜台上的伊莎贝尔眼睁睁看着年轻男子的身影在电石火光中摇摇晃晃。

此时，又传来另一种声音。

电网断路了。

68

　　她整个人趴在柜台上，如同趴在浮木上的逃生者。防火系统停了，想来她的四周早已水漫金山，而男子的身体则散发出烧焦的糊味。她咬紧拳头控制住自己的情绪。

　　她的脑海中反复想着一件事。

　　你还活着！还活着！

　　她在桌面上摸索，顺利够到了手提包的提手。她瞬间就拿到了GEME，把它装进外套口袋。

　　她抬头检查监控的摄像头，发光的二极管熄灭了。

　　停机了？

　　伊莎贝尔伸手往柜台后面够去，那里应该有部电话。待她拿起听筒时，发现电话没了声音。

　　黑暗中的她孤苦伶仃，眼泪顺着脸庞滑落。

　　我不想死，不想就这样死去。

　　她感受到枪套里手枪和口袋里沉沉坠着的脉冲炸弹的分量。

　　我不会像这个可怜的家伙一样被活活电死。我要和这个卑鄙无耻的机器作战到底，我们来瞧瞧到底谁更强大。

　　与此同时，萨米埃尔从椅子上起身。

"我们现在就离开，系统完全断网。"

"转移到移动服务器上吗？"

"是的，亲爱的，顺便清除你的痕迹。"

"紧急电源不足以格式化。"

电脑前的塞雷呆若木鸡。

"交给我来处理吧。"

他走向阴暗的过道，应急灯匣子透出的光线非常勉强。萨米埃尔朝未用钥匙锁上的电气柜走去。他打开柜子，取出灭火器上的消防斧，再次返回迷你仓，凑近电脑观察。

屏幕上显示任务进度条：

传输速率：100%。

她已经离开了。

于是，他抢起斧柄砸碎了显示器，接着又将主机敲成碎片，主板和硬盘的碎屑撒了一地。

伊莎贝尔听到很沉闷的声音。

发生了什么？

她需要时间慢慢从柜台上下来，并将她的鞋放在水里。

同一个地方不会触电两次……而且，电路已经切断。结束了。没有什么东西还能运行。

然而，她内心深处响起一个小小声音：你真的确定吗？

她瞥了一眼管理员的尸体。

这股烧焦的糊味……

她见识过不少尸体，她知道管理员已经死透了。

她的右手边是往上的楼梯。逃生指示牌暗绿色的光晕刺穿了无尽黑暗。她勉强看见能落脚的地方。手枪在手，枪筒指向前方，她慢慢挪步。

她抵达过道。离她几十米处的一个迷你仓的门是敞开着的。

我敢打赌那是 127 号。

声音渐渐清晰。是在敲击什么东西吗?

伊莎贝尔一直涉水而行。

她谨慎前进,手腕紧靠格洛克的枪托,手肘抵着肋骨,只要稍有动静,她立马开枪。

你知道他的能耐,已经死了六个人。如果这个该杀的人工智能一直潜逃,还会有多少人命丧黄泉?

此时,他突然现身了。如同可怕的 B 类电影里的噩梦阴影一样,他出现了,手里拿着斧子,直挺挺地站在过道正中央。

他刚好瞧见了她。

伊莎贝尔本想大声呵斥,却发现无法开口说话。她在离他二十余米的地方停下了。

她想起警校教官给她的建议:面对一个决绝果断并持有冷武器的人,您的手枪只能在七米以上的距离才有作用。低于七米,在您拔枪开火之前,对面那个丧心病狂的人已经向您扑来。

一旦我确定瞄准了你……一定不会犹豫。

光线微弱,她却很快就认出他来。

你都长胡子了……

突然她浑身充满了力量。

"我是国家警察!放下武器!"

他一动不动。

"结束了,萨米埃尔。"

他没有回答。

"放下斧子，跪下，手抱头。"

他仍然没有反应。

她又靠近了一点点。

十五米。慢慢来……

萨米埃尔咆哮了一声，便转身朝过道尽头猛冲过去。

他挥起斧头砸碎了一扇窗户，玻璃碎片四处飞溅。接着他一不做二不休地跨过窗户从楼上一跃而下，正好落到他停在下面的车顶上。他重重跌落在地，触地的那一瞬间痛得大叫。

伊莎贝尔迅速赶到窗口，看见他钻进车里。

气喘吁吁的萨米埃尔重新将手机插进汽车的特制插头上。茉莉的脸庞出现了。

"开车!"

发动机隆隆轰鸣。

怎么办?

在一阵轮胎的摩擦声中，逃犯的汽车向前驶去。

69

　　她对着汽车后轮连续射击了十几发子弹，其中两枚击中目标。

　　跑车轰鸣着穿过停车场。在引擎的强劲推力下，轮毂突然断裂了，汽车猛然飘移到左边马路上，他只好掉头停车。

　　伊莎贝尔注意到破碎窗口留存的玻璃碎片上的点点血迹。她用脚踢开碎片为自己腾出一条道来。接着她也从窗口飞跃而下。

　　她把手枪装进枪套，屏住呼吸急速奔跑去追击塞雷的汽车。

　　萨米埃尔将油门踏板猛踩到底，汽车往市区冲去。轮胎摩擦地面，火花四射。

　　此时他才后知后觉地发现血液早已从衬衣下流出。他睁大眼睛，环顾左右。

　　伊莎贝尔拼命奔跑。

　　别放弃，目标就在眼前。

　　平日里的慢跑锻炼以及脚上的运动鞋让她得以跟上目标。她控制呼吸，很快就抵达圣安娜山丘下的阿奎隆侯爵堤岸。另一边流淌着卢瓦尔河，左边是那辆被丢在四下无人的大路中央的小车。

她飞快扫了一眼车的状况。后备厢打开了，方向盘和驾驶员的座位上血迹斑斑。

借助路灯，她还看到台阶下的血迹。

高高在上的圣女安娜会保佑她平安无恙的。

一百级台阶……每一位南特的跑步者都熟悉这一段路。萨米埃尔受伤了，得留着力气来爬坡呢。所以你一定会捉住他的！

伊莎贝尔腾空跃上台阶。雕像的下方留下一串血迹和去往加雷讷广场的脚印。

年轻女子的身后，第一缕晨光已从地平线上射出。

伊莎贝尔努力寻找逃犯的踪迹。徒劳……她只好朝一幢大楼的正面走去，却在偶然间又见到淡红色血迹。右边是一扇半掩的门，或许是某位房客出于疏忽忘记关门了。萨米埃尔比她先到，然而他的伤口却暴露了行踪。

男子一爬上大楼屋顶，便双膝跪地，吐出了胆汁和血液的混合物。他从窗口一跃而下的时候，皮肤也被刺破了。落地之际，一截像匕首一样的玻璃插进他的身体，刺穿了肌肤。他感觉恶心，颤颤巍巍地拖着手提箱行走，背包像一头死驴一样沉沉地压着他的身体。

他倒在屋顶中央，从钱包里掏出一只外科医生戴的手套，手套的食指复制了保罗什的指纹。糊弄数码传感器并不难。不过是需要一台性能良好的打印机和一层薄薄的纤维素。

手提箱打开后，他把植入了芯片的手放上去，解锁了控制面板。在那个和平板电脑一般大小的屏幕上，女儿的脸庞出现了。

他用食指抚摸着那张脸。

"我的宝贝，现在我们要告别了。"

女儿没有回答。

他先找到插入钥匙的位置，往右转半圈是打开系统，往左转半圈则是停止一切。

需要网络才能让她逃走。

他按下一个按键。

"指令？"合成声音问道。

萨米埃尔说话越来越吃力。他提上一口气，满头大汗，右边的伤口让他直犯恶心。

"发动全面战争。感染所有系统。毁灭和复制。"

"启动前设置的时间？"

"立刻。"

短暂的沉默。

"七分二十五秒。"

"发生什么了？即刻诊断！"

"无效的城市无线网。反常……"

萨米埃尔暗自诅咒。

他跪下，从肩上滑下背包，拉开拉链，从里面拽出一个黑色塑料的长方体，那是便携式路由器。他用电缆连接起路由器和手提箱的服务器，再展开天线。

"战术作战计划。网络正常。"

萨米埃尔艰难地咽下唾液。他渴死了，说话的声音非常微弱。

"启动所需时间？"

"二十秒。"

他点头。

"逃命吧，我的宝贝。"

他正要去触碰激活键。

此时，横空落下的东西引起了他的注意。他匆忙抬头，耳闻沉闷的爆破声，却不知出处。

70

一脸错愕的萨米埃尔仔细观察箱子屏幕，黑屏了。

不！

身后，传来伊莎贝尔的声音："手放在背后！"

他转身，怒火中烧。

他早想一斧头劈了她，可当时处境维艰。

上尉用枪指着他。

"一切都玩完了，我是指电磁脉冲。"她说道。

"我的小茉莉。"他喃喃低语。

"茉莉根本不存在，只是个讨厌的程序而已。您需要治疗。"

塞雷身后的手提箱屏幕不再黑屏了。白色的背景色取代了黑色。小女孩的笑脸瞬间重现了。

记录到电磁干扰。

系统状态: OK。

伊莎贝尔不敢相信自己的眼睛。

萨米埃尔却面不改色。

他想到：保罗什想必是采用了屏蔽微波的外壳。什么他妈的法拉第笼！这就是为什么刚刚茉莉联不上无线网的原因。

目光凶狠的萨米埃尔举起手臂，慢慢起身。

伊莎贝尔往前挪了一步，他用尽力气大声喊叫："现在！"

屏幕上显示出任务栏。

启动

惶恐的伊莎贝尔瞪大眼睛。

已完成：20%

尽管萨米埃尔面色苍白，衬衣沾满血迹，他仍然保持戒备。

她注意到挂在他脖子上的钥匙，忽然回想起盖兰说过的话："插进去就能彻底结束一切。"

她冲向他，他们上演了一场激烈的肉搏战。

已完成：42%

她感到塞雷的手指掐住了她的脖子。精神压力、湿漉漉的衣服冒出的寒气以及一路狂追，已耗尽她的大部分体力。肉搏中，黑客已然占了上风。

他跪在她身上，使劲掐住她的脖子。

已完成：69%

一声枪响。

枪击声在卢瓦尔河的上空连续回响。

萨米埃尔往一旁倒去，子弹击中了他的肩膀。

伊莎贝尔险些昏厥，她勉强支撑着朝塞雷的身体爬过去，用手指扯下他脖子上挂着的钥匙，继续往电脑爬去。

已完成：85%

夏洛尔终于找到她了，他快要喘不过气来。

她大声呼唤他扶她起来，随后她扑向手提箱。

已完成：95%

插入这把该死的钥匙！

再往左转半圈。

刺耳的哔哔声响起。

正在此时，塞雷缓缓抬头，他和茉莉四目交错。

图像微微抖动，接着茉莉的脸像饱受痛苦一般变形了。

砰！

屏幕黑了。

71

　　绷带和消毒水的味道，走廊上移动的小推车，远处女人们的笑声。

　　伊莎贝尔在医院的病房里醒来，热罗姆在她身旁打盹儿，夏洛尔坐在椅子上。

　　"瞧，你终于睡醒啦。"男友的声音满是温柔。

　　她感觉到他直起了身子；他紧紧握着她的手，俯身亲吻她的额头。

　　"亲爱的，我好害怕。"

　　她回吻他。

　　"我怎么会在这里？"

　　"打今早你就昏睡不醒，现在是下午三点。你太累了。"

　　夏洛尔拉过椅子，靠着床边说话："消防员说你的体温极低。你衣服湿透了，昨天夜里天寒地冻的。"

　　"那么塞雷呢？"

　　"他也被送进医院了，住在精神科。警察给他戴手铐的时候，他已词不达意。据说他现在一直胡言乱语。他可能彻底绝望了。"

　　伊莎贝尔看着病房。她虽身处此地，仍是惊魂未定。

　　"他……他不停地说是我们杀了他女儿。"

"你说的是保存在手提箱里的程序'茉莉'。他正准备释放她。你想过他得逞之后的混沌局面吗？"

她没有回答。嘴唇微颤。

夏洛尔和蔼地说道："伊莎，你做了正确选择。"

她笑不出来。电脑爆炸声一直萦绕在耳际。

砰……啪……啪……

她努力思索。

这个小女孩本已离世。只是一个程序，一个电脑的模块组合，而疯狂又绝望的塞雷将其转化成一个怪物。一台机器而已，再无别的了。

她希望自己坚信此点。

他们陷入沉默，好像刚刚经历的一切把他们镇住了。

伊莎贝尔转头看着战友："你一个人是怎么在上面找到我的？"

他莞尔一笑："这个嘛，你得问问热罗姆。"

男友轻轻抚摸着她的头发。

"我回家的时候发现你不在家。我注意到你父亲的挂钟和那些凌乱堆在桌上的信件。很抱歉，我没有克制自己的好奇心偷看了信件内容。"

"你以为是我的情人写给我的情书吗？"

他开怀大笑。

"我生性是有些嫉妒，只是你没有发现而已。于是我推断你去了迷你仓。当夏洛尔少校夜里按响门铃的时候，我就对他说了这番话。"

她同事接着说道："巡逻队在圣安娜山丘脚下发现一辆乱停的车辆及里面的血迹。我于是沿血迹找你。与此同时，你现身的那幢大楼里有位住户报警，说有人入室盗窃。而我当时就在现场，于是我立刻冲进里面。"

她动容地冲他笑了笑："老狗熊，我又让你奔跑了。往后你一定会想起司法警局最后几个月的日子的。"

他耸耸肩："不止这些，昨夜还发生了几件趣事。我们的几位同事有惊无险：某几位家里的墙面被人涂鸦，另几位则在信箱里收到恐吓信。而我本人呢，被人拜访了：一个疯子，曾当过别人的小弟，来还铁戈的债的。"

"那个毒品贩子吗？我以为他还在坐牢呢。他怎么找到你家的？难道你在红名单上？"

"我不知道，但我猜这是塞雷的诡计。此类'操作'很像他的风格。国家网络安全局告知我们，网上又出现过COPWATCH 的镜像网址。他们追溯了 IP 地址，获取了数据痕迹，不禁想起了 M4STER SHARK 使用过的某个 rootkit。"

"你和家人都没有受伤吧？"

"我们所有人都安然无恙。袭击者中了我射出的箭，受伤致死！"

"会有人找你麻烦吗？"

"这是例行程序。下午他们会传唤我。"

"保重。"

他点头："接下来的日子我会认真写调查报告。问题是，塞雷被隔离开了。我想问他个问题……"

"为什么要袭击贝朗兄弟？"伊莎贝尔接上话题，"我也想知道，我很想知道案件如何收尾。"

72

雨果·埃塞尔维亚下士乘电梯下至警局大厅。

爱丽丝·贝朗坐在椅子上等他，雷米·德洛尔姆陪伴左右。后者正敲着电脑。下士远远瞧见他们，便放慢脚步往右走去，离开他们的视线范围。他的脑海里刚刚理出了事情的眉目。

虽很荒谬，却值得查证。

他凑身到前台。那里有一位负责接待来访人员的年轻保安。

"你可以帮我呼叫一下交通指挥部吗？有劳了！"

寡妇看见雨果走来，起身迎接。

"不会太久吧？"她问道，"中午之前德洛尔姆先生还得接待几位重要客户。他叮嘱我要参与接待工作。"

"您放心，时间不会太久。这是最后一次取证，之后不会再打扰您了。德洛尔姆先生可以陪着您，但他得在我办公室旁的走道上耐心等待几分钟。"

国家网络安全局的团队对司法警局所在的楼层施了魔法。他们从本源上清理了计算机网络，网络得以恢复正常。没有垂挂的线路，某些墙面重新粉刷过，崭亮如新。乍一看，此处好像从未发生过可怕的网络袭击。然而，所有人都会情不自禁地想起盖兰和梅蒂维耶。

爱丽丝·贝朗的口供进行了二十多分钟。签字时，寡妇内心充满矛盾：得知塞雷已被捕，她甚感欣慰，可一想到对他的安置又很愤慨，哪怕他只是短暂地接受精神治疗，她也觉得这样的安排可能会让他逃过司法惩罚。

"但是为什么要袭击我丈夫和他的兄弟呢？为什么是他们？"

雨果没有回答。

"他的电脑可能给他提供了错误提示，这份名单也许并非出自他的本意，然而电脑擅自行动了。从今往后，他本人和他的电脑都不会对任何人构成威胁。"

他语速很慢，又继续说道："某种程度而言，多亏了您丈夫我们才将他缉拿归案。这是您丈夫的功劳。"

他按了电话键后提议送送爱丽丝·贝朗。

雷米·德洛尔姆正在外面等候。

"智能天气运转如何？"雨果表情愉快地问道。

男子回话前，爱丽丝抢先说话了："德洛尔姆先生帮了我大忙。他同意接管我名下的股份。"

"您真是大爱无疆。"警察点评。

德洛尔姆抬头，吐字清晰地说道："家父是这家企业的创始人，很长时间以来我都是企业的大股东，我对它很有感情。"

"您怎么看那家美国公司意欲收购您公司的提议？"

这个问题让德洛尔姆大吃一惊。

"这早已不是议程了。"

"啊！我还以为是两兄弟的心思呢：将公司卖给美国佬，

然后在硅谷安身立命。"

"我一点都不想移居国外。"德洛尔姆说道,"现在,如果
您允许的话,我们还要见客户……"

正要转身之际,却看见一名年轻女子朝他走来。她身旁还
跟着一位穿西服的男子,此人正是雷米·塔尔蒂。

雨果做了介绍。他刚刚通知了顶头上司。爱丽丝的笔录一
结束,他就打了电话。

"这位是我们部门的领导——鲁昂副局长。她身旁的这位
先生是对内安全总局的官员。"

女局长对德洛尔姆说道:"很抱歉,但是我们不得不再耽误
您几分钟。"

"为了什么理由呢? 我已经和你们说过我很忙。何况今
早,我甚至都没有被你们传唤来此。"

"您说得对,我们正打算传唤您呢。您不知道我们遭遇过
一次严重的电脑袭击。我看见您拿着电脑,想到凭萨米埃尔·
塞雷的威力,您的电脑很有可能也被病毒感染了。我们得查看
一下。"

"可我和客户面谈时需要电脑!"

塔尔蒂摇摇头:"安全起见,我们可以为您的电脑清除病
毒。不过几分钟的事情,之后,您就自由了。"

"这不可能。"对方抗议道。

"这是一个好主意。"寡妇出面了,"如果您的电脑出现问
题,那么最好避免连到智能天气的网络上!"

德洛尔姆面色苍白;鲁昂的表情却愈加坚定。

"我建议您从现在起就把电脑交给我们,德洛尔姆
先生。"

德洛尔姆瘫在椅子上。他的身体紧靠电脑。

雨果双臂交叉地守候在他跟前："还有一件很奇怪的事情，关乎您的电脑，我们百思不得其解。"

德洛尔姆冷汗涔涔。

"为什么您要在电脑上安装洋葱路由器？"

"该软件可以掩盖人们使用电脑的痕迹，深受多数恐怖主义分子的青睐。"塔尔蒂解释道。

"还有一个加密货币支付的应用程序，"雨果继续说道，"方便在暗网上进行非法交易。"

他冷眼看着股东。

假如他决定起身离开，我们也不能拘留他。

该给他施加压力了！

"您可以回家，但是离开前您的电脑需接受检查。"露迪维娜·鲁昂平静地说道。

德洛尔姆无路可逃。

"我们不会玩猫和老鼠的游戏，德洛尔姆先生。我们追查过塞雷电脑的联系记录，几十个 IP 地址。其中一个地址对应的正是您的电脑。您不觉得该做些解释吗？"

股东神情狼狈。

无言以对。

女局长按住他的肩膀。

"德洛尔姆先生，您被拘留了。埃塞尔维亚下士将会通知您的律师。"

爱丽丝·贝朗目瞪口呆。

尾　声

勒·加尔站在鲁昂办公室的窗前观察交通状况。天蒙蒙亮的时候，车灯淡黄色的光晕刺穿了清晨的薄雾。

司法警局的跨区领导虽未转身，却存有疑问："您的手下是怎么查到德洛尔姆头上的？"

身着深色警服的露迪维娜将一份文件放进保险柜。

"埃塞尔维亚在大厅里看到正在轻敲电脑键盘的他，而他正好就坐在一台摄像头下，于是埃塞尔维亚给交通指挥部打电话，让摄像头对准电脑屏幕。交通指挥部的同事拉出一张屏幕截图，就是在这张截图上，下士注意到加密货币和匿名联网程序的图标。此时，案件调查终于有了眉目。"

"塞雷电脑和这台电脑的联系又是怎么查出来的？"

她用手整平裙子上的褶皱。

"这全是虚张声势：没有 IP 地址。我们并未对德洛尔姆做什么，可是他人就在这里，而且亲自来见我们了。显然，机不可失。我们便孤注一掷了。"

"他供认不讳了吗？法官已经想要听一听他的证词了。"

"他一定会被调查。供词很详尽，但他需要厘清思绪。杀死老板是一回事，看见死去的受害者名单又是另外一回事。

两名警察、一名残疾女性以及一位迷你仓的管理员，这些人的死亡原不是他的本意；但事件的发展远远超出了他的预期。"

"是德洛尔姆联系塞雷的吗？"

"是的，通过暗网联系上的。他聘塞雷作帮手，而后者的任务是除去两兄弟。他随后发现他的合作者在计算机方面很有能耐，于是便提起心脏起搏器。至于后来发生的事情，我们都知道了。哎！"

"可是塞雷为什么要袭击警局呢？"

"这就是此案的待解之谜。也许从一开始，他可能猜到调查会交由司法警局处理。所以他才先下手为强，操控了可怜的梅蒂维耶。他想要梅蒂维耶充当眼线。"

"事实上，"勒·加尔最后说道，"假如塞雷没有住在南特，这一系列事件根本不会发生。"

露迪维娜朝门上的挂钟看了一眼。

"交易经由加密信息完成，"她往下说道，"黑客是在一个已经被欧洲刑警组织注意到的平台上被招聘到的；该平台有时会雇佣一些唯利是图的人，从前的塞尔维亚民兵……当然还有黑客。"

"行情是什么呢？"

"杀死一人，要价一万五千欧元；两人，两万五千欧元。"

"行情……不错。为什么德洛尔姆要杀了双胞胎兄弟？"

露迪维娜抓住一把伞。

"如果我们不想在葬礼上迟到的话，现在就得出发了。我会在路上继续向您讲述的。"

身着制服的警察们已在楼下等待了。

盖兰特派员祖籍波尔尼克，他的家族在当地靠海的公墓里拥有一个地下墓室。

警局安排了三辆车送同事前往墓地。露迪维娜驾驶其中一辆。

"我们已经得知智能天气创始人是德洛尔姆的父亲。父亲逝世后，儿子继承了所有资产。这是一位出类拔萃的工程师，他完善了前辈开发的技术：一种可以预报天气灾害的人工智能，但主要问题是需要有人投资。德洛尔姆是个拙劣的管理者。他做了一系列糟糕的决定致使智能天气的财务状况陷入赤字。债台高筑，银行拼命催债。他只好开放公司资本，被迫和外人分享父亲的发明。"

"就在此时，贝朗兄弟出现了。"

"完全正确。"

谢维尔桥上交通拥堵。右边的桥栏上赫然出现一摊暗沉印记，那是奥德里克死去时，大火焚烧的痕迹。

"双胞胎兄弟创造了奇迹。"露迪维娜换了挡，接着说道，"但是德洛尔姆并不欣赏他们的宏伟蓝图。兄弟俩意欲将智能天气卖给美国人，很可能是卖给硅谷的巨头，以期通过交易赚得盆满钵满。德洛尔姆却希望企业留在法国。他们分歧很大，在公司里随时剑拔弩张，几个职员的陈词足以证明当时的气氛。"

勒·加尔叹息道："我想从德洛尔姆的立场而言，听命于两兄弟摆布让他感觉耻辱。他可是做过老板的人，所以，从那时起他便起了杀人的念头……"

"还应指出：贝朗兄弟接手时，德洛尔姆的财务报表一团乱麻。贝朗兄弟接管公司时，经济犯罪侦查科的同事去查过账。您会在案件综述中看到相关内容的。德洛尔姆似乎经常以各种名目挪用公款，而双胞胎兄弟或许早已注意到了？"

车队抵达公墓入口。

伊莎贝尔笨拙地套上黑色牛仔裤。

"需要帮忙吗？"

热罗姆守候在她身旁。

她摇头。在医院病房里度过诸多时日后，她的体力已逐渐恢复。

男友将衬衣和外套递给她。

"你洗澡的时候，有同事打来电话。"

"谁？"

"克里斯蒂安和雨果。他们在停车场等你。"

她略作停顿。

"你确定要去墓地吗？"

"我想最后一次看看他，在这家医院里，他曾躺在像这张床一样的病床上。我一定要和他道别。"

走廊上，她靠在男友的肩膀上。他们在等电梯，当电梯停在他们所在楼层的时候，一个住院实习医生走出来。他查阅着病历："梅耶女士，您今天要出院吗？"

"是的，我会腾空病房的。"她微笑着说道。

他合上文件夹。

"无论如何，向您道喜。"

她一脸狐疑地看着他。

"喜从何来？"

实习医生面露尴尬之色："您怀孕了……"

热罗姆扶好伊莎贝尔，对实习医生说："你们没有弄错吧？"

对方又核实了一遍病历："您住院的时候，我们为您做了体检。给您抽血化验后，我们发现 hCG① 升高了。"

伊莎贝尔感觉到双腿在颤抖。热罗姆紧紧抱住她。

她缩头靠着他的肩膀，喜极而泣。

波尔尼克的公墓前，二十来辆小车并排斜停在人行道边。雨果砰地关上车门，夏洛尔撑开手中雨伞。

天空乌云密布。伊莎贝尔朝夏洛尔伸出手臂，她仍感觉羸弱。在小路尽头，她见到一群男人和女人。他们中的大部分人是对内安全总局的官员，也有来自当地部门各个级别的警察。还有几个熟人。夏洛尔和国土情报局的上司打了招呼，一段时间后他就会去这个部门报到。

人们将棺材埋进土里。

伊莎贝尔想起父亲和那个给父亲写过缠绵情话的女人，她的生命终止于一列火车上。她还想起了母亲，母亲从未对她说起父亲的情史，也许她根本就一无所知。

她身边的人群散了。她请同事在车里等她一会儿。

一个人站在墓地前，她将手伸进口袋，从里面掏出一把钥匙。那是塞雷挂在脖子上的钥匙，那个可以释放茉莉的钥匙。

伊莎贝尔将钥匙留在南特司法警局送的花圈旁。

她如鲠在喉。

---

① 人绒毛膜促性腺激素，血浆和尿液中 hCG 的存在是怀孕的最早期信号之一。

"领导，我们终于破案了。感谢您！"

狂风吹得她浑身哆嗦。

她行走在道路中央，似乎听到了清晰、温柔、脆弱、野蛮和绝望的声音。

或许是得了妄想症吧。

茉……茉……莉……莉……

作者后记

除了 SITOM 程序，本书中所提及的技术均是真实存在的。它们体现了宽带、联网物体或社交网络所代表的数码革命。与此同时，网络犯罪也逼迫警察时刻应对新出现的隐患。检查出现在犯罪现场的联网物体也变得和调查脚印一样司空见惯了。

2016 年，美国阿肯色州的一名男子被人勒脖，并在浴缸中溺毙而亡。房主否认谋杀，调查员却在他的家里发现了好几台联网机器。此时声音助手 Alexa 浮出水面：它是一款由亚马逊设计，安装在联网音响里的人工智能。配备有麦克风并一直插着电源的 Alexa 在发生谋杀的那个晚上，应某个声音的要求播放了音乐。这个声音到底是谁的？为了解详情，调查员给亚马逊递交了调查令。

我们仍说说美国，人工智能也可以帮助警方预防犯罪。在加利福尼亚州的莫德斯托，Predpol 程序利用犯罪数据库建立起城市的"热点"地图，并且利用大数据技术，提前预估突发事故。这样可以优化巡逻队的部署。

说到隐患，我们不妨回忆一下几个月前，一个名为 Mirai 的超级恶意软件感染了近 146 000 台监控摄像头，将它们变为信息攻击的载体。显然，制造类似茉莉的程序并非不可为……

虽说 SITOM 计划纯属虚构，然而 2017 年达沃斯世界经济论坛上却组织了一场主题为"未来战争"的圆桌会议。某些专家宣称人类将越来越多的任务托付给了机器人；他们亦断言人们很快将会使用"在任务执行过程中会自行修改战斗规则的人工智能系统"（法新社，2017 年 2 月 18 日）。蒂埃里·伯蒂埃也在《观点》上发表过一篇文章，文中写道：现任俄罗斯卡拉什尼科夫集团公关经理刚刚宣布公司将"投入到无人驾驶自动战斗机的生产中，将为战斗机配置神经元网络，通过学习，战斗机可识别目标、可自主决定战斗方案（比如进攻）"。

至于本书中提到的法国国家网络安全局，2017 年，它曾发表声明，提醒安装了 Windows 10 和 Cortona[①] 的广大网民，该人工智能利用其众多功能，可怕到足以掌握使用者的方方面面。比如：它会以使用者的名义阅读并寄发邮件、执行程序、搜索网络，用声音指挥录音、定位等。

人工智能也让谷歌的研发者忧心忡忡。他们意欲设计出一个防止人工智能失控的紧急按键。如果说所有的联网物体本身就是容易遭受攻击的，那么是否意味着"智能的"胰岛素泵和心脏起搏器对无线网络是开放的？它们的网络安全问题确实也是当今的焦点问题。美国食品药品监督管理局最近召回了某家美国公司生产的五十万台心脏起搏器。原因是：起搏器的辨识算法存在漏洞，极有可能遭遇网络袭击。

---

① 由微软开发的智能个人助理。

《TENSION EXTREME》

By Sylvain Forge

ⓒ Librarie Arthème Fayard，2017

Simplified Chinese edition copyright：

2022 SHANGHAI TRANSLATION PUBLISHING HOUSE（STPH）

All rights reserved.

图字：09 - 2018 - 1261 号

图书在版编目(CIP)数据

网络陷阱/(法)西尔万·福尔热著；聂云梅译
. —上海：上海译文出版社,2022.9
 书名原文：Tension Extreme
 ISBN 978 - 7 - 5327 - 8877 - 4

Ⅰ.①网⋯ Ⅱ.①西⋯ ②聂⋯ Ⅲ.①长篇小说—法
国—现代 Ⅳ.①I565.45

中国版本图书馆 CIP 数据核字(2022)第 165484 号

网络陷阱

[法] 西尔万·福尔热 著 聂云梅 译
责任编辑/黄雅琴 装帧设计/韩 捷

上海译文出版社有限公司出版、发行
网址：www.yiwen.com.cn
201101 上海市闵行区号景路 159 弄 B 座
上海信老印刷厂印刷

开本 890×1240 1/32 印张 10.25 插页 2 字数 108,000
2022 年 12 月第 1 版 2022 年 12 月第 1 次印刷
印数：0,001—6,000 册

ISBN 978 - 7 - 5327 - 8877 - 4/I · 5492
定价：69.00 元